共和国的历程

赣江追击

追击江西残敌与赣边剿匪

胡元斌　编写

蓝天出版社　吉林出版集团有限责任公司

图书在版编目（CIP）数据

赣江追击：追击江西残敌与赣边剿匪／胡元斌编写．
—北京：蓝天出版社，2014．1（2023.3重印）
（共和国的历程）
ISBN 978-7-5094-1063-9

Ⅰ．①赣… Ⅱ．①胡… Ⅲ．①革命故事－作品集－中国－当代 Ⅳ．
①I247．8

中国版本图书馆 CIP 数据核字（2013）第 305438 号

赣江追击——追击江西残敌与赣边剿匪

编　　写：胡元斌
策　　划：金永吉　荆忠峰
责任编辑：祖　航　梅广才
出版发行：蓝天出版社　吉林出版集团有限责任公司
地　　址：北京市复兴路 14 号
邮　　编：100843
电　　话：010—66983715
经　　销：全国新华书店
印　　刷：北京柏玉景印刷制品有限公司
开　　本：710mm×1000mm　1/16
字　　数：69 千
印　　张：8
版　　次：2014 年 4 月第 1 版
印　　次：2023 年 3 月第 3 次
定　　价：29.80 元

前　言

　　中华人民共和国自1949年10月1日成立以来，已走过了六十多年的风雨历程。历史是一面镜子，我们可以从多视角、多侧面对其进行解读。然而有一点是可以肯定的，那就是，半个多世纪以来，在中国共产党的领导下，中国的政治、经济、军事、外交、文化、教育、科技、社会、民生等领域，都发生了深刻的变化，中国人民站起来了，中华民族已屹立于世界民族之林。

　　这段时间放到整个历史长河中是短暂的，有如弹指一挥间，但它带给中国的却是极不平凡的。六十多年里神州大地经历了沧桑巨变。从开国大典到60年国庆盛典，从经济战线上的三大战役到经济总量居世界前列，从对农业、手工业、资本主义工商业的三大改造到社会主义市场经济体制的基本确立，从宜将剩勇追穷寇到建立了强大的国防军，从废除一切不平等条约到独立自主的和平外交政策，从“双百”方针到体制改革后的文化事业欣欣向荣，从扫除文盲到实施科教兴国战略建设新型国家，从翻身解放到实现小康社会，凡此种种，中国人民在每个领域无不留下发展的足迹，写就不朽的诗篇。

　　六十几年在历史的长河中犹如沧海一粟，但对身处其间的个人却是并非无足轻重的。其间究竟发生了些什么，怎样发生的，过程怎样，结果如何，非人人都清楚知道的。对此，亲身经历者或可鲜活如昨，但对后来者却可能只是一个概念，对某段历史的记忆影像或不存在或是模糊的。基于此，为了让年轻人，特别是青少年永远铭记共和国这段不朽的历史，我们推出了这套《共和国的历程》。

《共和国的历程》虽为故事形式，但与戏说无关，我们是想借助通俗、富于感染力的文字记录这段历史。这套丛书汇集了在共和国历史上具有深刻影响的重大历史事件。在丛书的谋篇布局上，我们尽量选取各个时代具有代表性的或深具普遍意义的若干事件加以叙述，使其能反映共和国发展的全景和脉络。为了使题目的设置不至于因大而空，我们着眼于每一重大历史事件的缘起、过程、结局、时间、地点、人物等，抓住点滴和些许小事，力求通透。

历史是复杂的，事态的发展因素也是多方面的。由于叙述者的视角、文化构成不同，对事件的认知或有不足，但这不会影响我们对整个历史事件的判断和思考，至于它能否清晰地表达出我们编辑这套书的本意，那只能交给读者去评判了。

这套丛书可谓是一部书写红色记忆的读物，它对于了解共和国的历史、中国共产党的英明领导和中国人民的伟大实践都是不可或缺的。同时，这套丛书又是一套普及性读物，既针对重点阅读人群，也适宜在全民中推广。相信它必将在我国开展的全民阅读活动中发挥大的作用，成为装备中小学图书馆、农家书屋、社区书屋、机关及企事业单位职工图书室、连队图书室等的重点选择对象。

编　者
2014 年 1 月

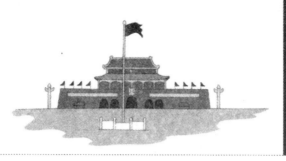

目录

目 录

一、 平息资溪暴乱

● 毛泽东指示："对全国各地一切土匪武装及其暴乱行为，必须立即予以坚决的剿灭和镇压。"

● 一排长说："愿意帮忙，就老老实实给我们带路去抓捕王象其，这是你唯一的机会。"

● 朱文义和战士们拔腿就追，并大喝道："前面的人快点站住！缴械投降！"

惊动中央的暴乱事件

1950年2月21日，是我国的农历大年初五。这天凌晨时分，刚刚过完新年的资溪人民群众还沉浸在睡梦之中，忽然，从县城方向传来了一片密集的枪声。不久，一群身穿杂七杂八服装的土匪，攻占了这座山城。

土匪在盘踞县城的两天中，疯狂地残杀我县委、县政府干部和解放军战士，大肆抢劫财物和焚烧房屋，临走还将县藏档案焚掠一空。

据统计，这次"二二一"事件，土匪共杀害我干部和解放军战士17人，抢去枪支89支、粮食20余万公斤、人民币现钞2000万元（旧币）、银元86块以及大量公私财物，烧毁我地方干部的房屋数十间。

另外，穷凶极恶的土匪还砸开监狱，放走罪犯数十人。

这伙土匪烧杀掠夺，一直到次日晚21时，才逃出县城。

这是一起自解放军南下部队进入江西后最为严重的反革命暴乱事件。

资溪县地处江西、福建交界的武夷山脉西麓，境内峰峦重叠、沟壑无数、草深林密，地形非常复杂。解放初期这里交通极为不便，人口也只有2.5万余人。

"资溪暴乱"发生后，不仅震惊了省、地及中南局（江西省当时归其辖属），而且震惊了成立仅5个月的人民共和国的最高领导层。

3月初，在中南海怀仁堂举行的最高国务会议上，朱德向刚刚访苏归来的毛泽东汇报全国形势时，就特别提到了江西的资溪反革命暴乱事件。

毛泽东听罢，果断指示：

> 对全国各地一切大大小小的土匪武装及其暴乱行为，必须立即予以坚决的剿灭和镇压。

毛泽东还指出：

> 不这样，新生的共和国，几十年来千万烈士用鲜血和生命换来的胜利成果就要毁于一旦！

在毛泽东的亲自部署下，3月18日，中共中央发出了《关于剿匪与建立革命秩序的指示》。调动正规部队3个兵团和40个师，开始了为期3年的大规模剿匪斗争。与其他重点剿匪地区一样，资溪也是剿匪的主战场。

资溪暴乱发生后，资溪县长晨光、县委副书记田永丰，先后突围到南城县，找到军分区剿匪指挥部，并在这里与地委取得了联系。

指挥部从他们口中得到资溪被土匪攻陷的消息后，

平息资溪暴乱

经请示地委、军分区党委，随即命令：

四八三团第四、六两个连直插资溪，并于23日下午到达目的地；第一、五连向黎川进发，以堵截资溪向福建逃窜的土匪。

指挥部侦察排则一分为二，分头随部队行动。

3月23日，四、六连指战员到达资溪时，敌人已经逃窜；而一、五连赶到黎川时，土匪也已越过闽赣边界，分散隐蔽起来。这样，两支部队只好改变战略战术，就地进行搜剿。

那么，到底是什么人发动的这次暴乱？他们是在怎样的背景下进行策动的呢？

早在1949年5月10日，资溪县全境就已解放。随后，解放该县的二野部队奉命开赴大西南。

此时，全省大规模的剿匪工作已取得显著战果，只有两个排兵力的资溪县驻军也转做征粮工作，县大队大部分兵力调往县内其他地区看守粮库。于是，至1950年2月，县城的兵力变得微弱单薄。

这一时期，受到重创的国民党残部纷纷向资溪、黎川、南城、广昌及福建省的光泽、泰宁等省际交界处逃窜，并与当地土匪勾结，凭借高山丛林，昼伏夜出，虎视眈眈地盯着这些插上了红旗的县城。

活动在这一地区的主要匪首有：

廖其祥，广昌县匪首，"豫章山区游击队司令部"少将司令；王象其，南城县匪首，"豫章山区游击队司令部"副司令兼"第十八支队"支队长。

"豫章山区游击队司令部"又名"豫章山区绥靖司令部"，是蒋介石逃亡台湾前，命令国民党江西省主席兼保安司令方天组织的。该司令部组织之初，由江西南部的国民党惯匪黄镇中担任司令，是江西解放后境内最大的一支土匪武装队伍。1949 年 9 月，江西南部剿匪部队将黄镇中在宁都翠微峰歼灭后，其部下廖其祥、王象其二人才于 1950 年春，重建"豫章山区绥靖司令部"，并更改了名称。

还有两个重要角色：严正，福建泰宁县匪首，"闽赣边民众自卫军"司令；蔡缄三，福建光泽县匪首，"闽赣边民众自卫军总指挥部"副总指挥兼"光泽县前进指挥所"主任。

另外，就是资溪的头号匪首曾皋九。此人当时被封为"江西省民众自卫军第七师第五团代理本部少校团副兼常备第一连连长"，后被匪首王象其招罗到手下任中校第一大队长，曾自封为"资溪县代县长"。

这些匪首率众匪时合时离，蠢蠢欲动。1950 年元月，曾皋九和金溪匪首向理安、广昌匪首廖其祥、福建泰宁匪首严正、光泽匪首蔡缄三相互勾结，流窜于两省边境，连续袭击区、乡人民政府，残杀革命干部与群众。

1950 年 2 月 13 日，群众中传出消息，土匪有可能在近期攻打资溪县。资溪县委的领导立刻对敌我力量进行了分析：估计蔡绒三股匪百余人，另加曾皋九股匪，共 200 余人。

于是，县领导将高阜守粮库的主力排调回，同时组织 100 余人的自卫队，守卫资溪县城的 4 个城门，防止土匪攻城。与此同时，县领导还将敌情向地委汇报。

第二天，匪首曾皋九率匪徒 30 余人窜到资溪县泸阳乡黄石口。从高阜调回资溪县的主力排立刻赶到黄石口，但曾皋九等匪徒闻讯逃遁。由此，县领导将主力排又调回了高阜粮库。

1950 年 2 月 17 日，农历大年初一。在众匪首的带领下，600 余土匪悄悄屯兵在园岽一带，将此地作为东可攻光泽，西可取资溪的屯兵地和指挥部。2 月 19 日，众顽匪悄悄靠近资溪县城。

2 月 20 日，资溪县城里驻军战士与百姓联欢，一直到 23 时才散。

此时，一部分土匪乘机潜入了县城，准备寻机杀害参加军民联欢的县委副书记田永丰、县长晨光、营副教导员林兴才，以便当晚进攻资溪县城。

由于这 3 位领导未出席联欢会，土匪的阴谋才未能得逞。

深夜时分，600 余土匪已将县城围住，此后便发生了血洗资溪县城的一幕惨剧。

匪"闽赣边民众自卫军"是资溪暴乱的主力之一，其司令严正、副司令蔡缄三都是闽赣边地区有名的惯匪。自资溪暴乱得手后，他们盘踞在建宁、泰宁边界地带，不可一世，嚣张至极。

他们做梦也没想到，就在这时，抚州军分区四八三团二营和团侦察排经过长途奔袭，已悄悄来到他们跟前。

平息资溪暴乱

侦察排斗智斗勇擒顽匪

四八三团二营一、五连在闽赣边界横扫逃匪近两个月，重创大股土匪之后，11 月初撤回黎川，一边休整，一边总结经验。

大家都认为，像现在这样用大部队追剿分散的土匪，就像高射炮打蚊子，得不偿失。

于是指挥部决定派出小部队，先行寻找目标，然后予以重击。参谋长王子衡决定，命令牛贵祥率侦察排去福建边境执行这一任务。

牛贵祥是军分区侦察参谋，来自河北农村，20 多岁。他接到命令后，和排长皋明梯认真研究了出发路线，带领 18 名战士组成的侦察排，连夜出发，从黎川上德胜关越过闽赣边界，进入福建境内。

他们的策略是白天睡觉，晚上开展活动，抓捕当地乡、保长，造成声势，引诱土匪"出洞"。

他们在泰宁、建宁一带，抓到了十多个对匪情有所了解的伪乡、保长，并作了初步审讯，掌握了一部分土匪活动的情况。牛贵祥考虑到时间一长，敌人了解到我小分队人少的情况，会对我不利，于是决定撤回江西。

他们在与泰宁交界的桂林镇开始翻越那座上 7 里下 8 里的大山。

此时虽是隆冬季节，但到达山顶时，大家还是满身大汗。牛贵祥解开外服，边扇风边下令就地休息。

山那边是福建泰宁，山这边就是江西黎川，大家已经有了到家的感觉，心情非常舒畅。

休息了一会儿，牛贵祥起身拍拍衣服上的草屑说："好了，该走了。虽说快到家了，还是要提高警惕，以免出什么状况。"

下山本来就快，大家心情又好，连蹦带跳地，一会儿就下到半山腰了。牛贵祥偶一抬头，只见对面山坡上有个只有几栋土房的小村，这种村庄在闽赣边界山区是常见的。引起牛贵祥格外注意的是村里黑压压地会聚了不少人，会不会是土匪呢？

"老皋，看看前面那个村子，有没有问题？"牛贵祥对皋排长说。

"好像都是些老百姓。"皋排长说，"才解放嘛，想必是附近什么地方来了部队。没事儿，走吧。"

但牛贵祥仍心存疑虑，他一边走，一边注视着那伙人的动静。相距不到百米时，他觉得情况有些异常，立即喊道：

"皋排长，前边有些不对劲，命令部队准备战斗。"

话音未落，忽听"啪啪"两声，飞来的子弹在空中呼啸而过。

"土匪！"牛贵祥迅即作出判断，因为这里的解放军只有他们这个侦察排是穿便衣。对方见他们穿便衣，以

平息资溪暴乱

为是他们的同伙，怕误伤了"自己人"，因此朝天放了两枪，试图同对方联络。

"打！"牛贵祥一个打字才吐出一半，包括皋明梯在内的 17 支冲锋枪，朝着土匪一齐开火。紧接着，战士们向村庄冲去。

土匪没有准备，见对方一色的冲锋枪，火力极猛，以为有大部队在后面，于是仓皇而逃。

侦察排都是经过挑选的军事技术过硬的战士，他们很快就包围了村庄，将逃敌一截为二：未及逃脱的匪徒，全都举枪投降；而逃出村庄的匪徒，则拼命往山里跑去。

"站住，缴枪不杀！"战士们边追边喊。牛贵祥使的是手枪，射程有限。他见一个挎着"二十响"驳壳枪的土匪举手在旁，便从他身上将那支枪夺了过来，朝着逃敌，抬手便打。

这一仗打得干脆利落，不久，侦察排就俘虏敌人 70 余名，缴获机枪 3 挺，冲锋枪、步枪、手枪 60 多支，我部队则无一伤亡。

战斗结束后，牛贵祥从俘虏口中得知了其他土匪的去向，原来他们大部分人都逃到了福建省邵武县境内。

牛贵祥立即让人将此消息报告给在黎川的二营大部队，自己则带领侦察排直奔邵武县金坑镇。

邵武地处武夷山中段的闽赣两省交界地区，地势险要，情况复杂。严正匪部主力第二团团长李友源的老巢就在金坑。

二营大部队接到牛贵祥的情报后，很快来到金坑镇与侦察排的战士们会合，并在金坑镇建立了剿匪指挥所。

部队在清剿土匪的过程中，还注重对俘虏的土匪进行耐心的政策教育，利用俘虏的作用，瓦解敌人的意志。

经过开导，俘匪马文增首先供出了自己的从匪经历。

马文增，河南人，毕业于黄埔军校。1945年在与日军作战时负伤，被安排在福建邵武的国民党第十六临教院疗养。内战爆发后，马文增不想再次参加战争，便在临教院结婚生子，打算过普通人的生活。直到临近解放时，临教院里的一批国民党军官，强拉马文增去充实自己的队伍。

马文增在土匪窝里一直充当着严正的文书，对严正匪部的情况比较了解。

他向剿匪部队建议："如果想要歼灭严正股匪，就必须争取严正的主要羽翼李友源投降；而李友源投降的关键，必须是先要抓捕李友源的主要爪牙李兴新。"

根据马文增提供的线索，进剿部队对李兴新的动向进行了严密的侦察。几天后，在邵武县城天主教堂内将李兴新擒获。

事情果然如马文增所说的那样，随着李兴新的被捕，匪团长李友源便有点动摇了。

进剿部队一面加强搜剿，一面命李兴新写信劝李友源下山投降。

在强大的军事压力和政治攻势下，李友源觉得走投

平息资溪暴乱

无路，终于在 4 月下旬率残部 100 多人下山投降。

李友源投降以后，严正股匪内部更加混乱动摇。

一天，我侦察排进入泰宁山区纵深侦察匪情，回来时，从一座山上刚下到半山腰就发现了土匪。侦察排便立即组织攻击。

侦察排从被抓获的土匪口中得知，他们是严正匪部团长曾文轩股匪，刚才在独立房子开会，正研究如何分散躲藏，以避开我军的搜剿。逃跑的人中就有匪首曾文轩。

马文增也提供了匪首曾文轩的情况。

曾文轩是河南商丘人，在国民党部队当过营长。解放后，被严正拉去做了土匪。据马文增了解，曾文轩有老婆孩子，而且早就厌倦了爬山钻洞的土匪生活。

这次抓捕的俘虏中有个叫周才子的，是曾文轩的警卫员。他表示要痛改前非，立功赎罪。

周才子提议进剿部队领导找到曾文轩的家人，利用这个关系劝降曾文轩。

周才子的提议果然灵验。几天后，曾文轩接到家人的劝降信件，便立即带领他的 120 多名部下向进剿部队投降。

在侦察排捕获曾文轩匪部的同时，二营大部队接到新的任务重新返回了黎川。

侦察排的战士们驻扎在邵武县，以金坑为中心活动了七八个月，他们像一把锋利的尖刀，插在闽赣交界土匪最为集中的区域，纵横驰骋，所向披靡。

　　战士们或追剿；或围歼；或力擒；或智取；或长途奔袭，俘敌于睡梦之中；或突然进击，歼敌于意料之外。既能以神勇取胜，又能用智慧克敌。

　　他们来去自如，跋涉于大山密林之中，游刃于土匪肆虐之地，取得了一个又一个的胜利。

　　直到 1950 年年底，三野接管了邵武县，并派出武装力量清剿境内之匪，侦察排才和连队一道撤回黎川。

　　这时，闽赣边境一带土匪大部分被歼，只剩下制造资溪暴乱的几个主要匪首。他们各自带着自己的主力部队，蛰伏于深山之中。然而，他们剩下的日子也已经不多了。恢恢法网，早已为他们张开。

活捉暴乱匪首王象其

1950 年 4 月，在闽赣交界剿匪部队进剿严正股匪的同时，四八三团二营的战士们也发起了对资溪暴乱总指挥、"豫章山区游击队司令部"副司令兼"第十八支队"支队长王象其部的围剿。

王象其，山东定陶县人，曾在国民党一〇〇军中当过营长。一〇〇军非蒋介石的嫡系，土地革命时期蒋介石命他们到江西打红军，抗战时则驻守江西、福建一带。抗战胜利后，老蒋卸磨杀驴，全军解散，许多下级军官和士兵失去谋生手段。

王象其的部队被解散后，大家并没有回老家，而是在资溪县城南居住下来。王象其在这里勾结地方势力，建立了"青帮"组织，武装贩盐，比在军队干得更卖力气。

这期间，原一〇〇军的一些退役军官也成了他的骨干力量。

资溪暴乱中，他的"第十八支队"也参与了行动，但其后在光泽县境内被我方追击部队消灭了 130 多人，被缴获枪支 67 支。

这次打击，使王象其尝到了解放军的厉害，他心有余悸地将剩下的 100 多人交给他的儿子王安喜指挥，并让广昌匪首廖其祥协助管理。他自己则窜到山里隐匿起来。

严正手下的匪团长李友源向我侦察排投降后，见侦察排进驻邵武县金坑镇的人数不多，心中有些后悔，遂将我军情况密告给了廖其祥。

廖闻讯大喜，立即指使王安喜带领手下的100多人，于4月下旬窜犯邵武县大常村，企图袭击我金坑剿匪指挥所。

但是，让廖匪没有想到的是，不等他们的队伍开进金坑镇，剿匪指挥所便先于4月20日派出二营五连的一个排前往大常村等候着他们。

大常村原来还驻有搜剿部队二营一连二排的战士们，当王安喜匪部进入大常村后，这两路部队突然对王安喜匪部展开夹击，王安喜匪部措手不及，当场被打死7人，其余土匪不战自降。匪首王安喜见势不妙，慌忙率残部逃往光泽县。

这次战斗，五连战士俘匪大队长田世钦以下34人，缴获轻机枪1挺、长短枪40余支。

战斗结束后，战士们乘胜追击。5月9日，我军在光泽县与匪司令廖其祥所率股匪50多人相遇。

一场激烈的战斗过后，廖匪的参谋长王世钧等27人被活捉，匪部的20余支长短枪和电台也成了五连的战利品。

廖其祥突围后，率残匪20余人向将乐县境内逃窜。

王安喜袭击计划的失败，使他的老子非常生气，王

平息资溪暴乱

象其决定再次对剿匪部队进行偷袭。

5月20日，王象其亲自率领剩下的匪徒60多人窜到大常村，企图再度对金坑指挥所进行袭击。

指挥所的领导们早就料到王象其会来复仇。所以，剿匪部队提前派出一个连的战士埋伏在从大常村到指挥所的路口，等候着王匪的出现。

这天，当王象其和他的爪牙们刚刚进入我方的埋伏圈时，战士们立即将土匪包围了起来。

经过激战，我剿匪部队毙伤土匪10多人，俘虏匪部正、副大队长史东山、金向奎等30多人，缴获轻机枪1挺，长短枪20余支。

匪首王象其在混乱中带着几名残匪逃走了。

不久后的一天，二营五连副指导员郭永学正在帮当地的老乡犁田，忽然看见从远处山上下来一个人。看到那人鬼鬼祟祟的样子，郭永学觉得此人非常可疑。

果然，郭永学身边的老乡悄悄告诉他说："这个人是王象其的贴身亲信。"

郭永学当场将其抓获。

郭永学从这名俘虏的口中得知，王象其和其他几个人正藏在黎川与邵武交界的虎头山上。

得到这一重要情况，五连副指导员一面报告指挥所，一面命令一排战士从金坑出发，直奔虎头山。

经过几个小时的急行军，当一排进至黎川县牛坪村时，已是17时了。

一排长找到该村族长要他为战士们准备些吃的，可刚一转眼的工夫，这位族长就不见了。

排长立即派人寻找，最后发现这位族长是想去给王象其送信。排长命人将族长看管起来。

战士们吃过晚饭后，一排长让人把族长带过来，族长吓得瑟瑟发抖。

一排长问他想不想活命，族长连连点头。

一排长严肃地说："要想活命，就必须和我们合作，否则，我们就对你不客气。"

族长连忙说："愿意将功补过，愿意帮忙！"

一排长说："愿意帮忙，就老老实实地给我们带路去抓捕王象其，这是你唯一的机会。"

族长忙说："是！是！"

他们沿着山涧小溪涉水而上，于第二天早上到达了虎头山。

虎头山上有一座用木头和杉树皮搭成的小房子。战士们到达山上时发现，在小房子的门口正有一个土匪坐在那里放哨，从房子后面冒出袅袅炊烟。

一排长指挥战士们从房子的后面迅速隐蔽接近。快到跟前时，一排长首先冲上前去将放哨的土匪一拳打晕。

紧接着，一排长一声令下，战士们如猛虎般扑进了房子。

这一突如其来的打击，使得房子里的土匪们措手不及。**他们糊里糊涂就当了俘虏。**

平息资溪暴乱

战士们在房子的最里间找到了匪首王象其。这个欠下资溪人民累累血债的土匪头子，连同他的副官、参谋长及随从，来不及反抗，就被人民解放军活捉了。

第二天，剿匪部队的战士们就将王象其等人押送至资溪县城受审。

至此，以王象其为首的匪"第十八支队"彻底覆灭。

击毙亡命徒邱旭升

1950 年年底，在解放军的强大攻势下，参加资溪暴乱的土匪——落入法网，但仍有曾皋九、邱旭升、胥拔勤、熊文辉等匪首逍遥法外。

江西军区下达《关于限期捕捉知名匪首控制山区要点命令》，要求所属部队在 1951 年 3 月底前肃清残匪。

军分区立刻派已从黎川撤回的侦察科参谋牛贵祥带领侦察排，会同一个营及两个连的兵力赴资溪县城成立剿匪指挥部。

指挥部成立后，侦察排的战士穿上缴获的土匪衣服，两三人一组，白天深入资溪县土匪经常出没的五里山、茶园山等原始森林中搜捕，晚上则守护村庄。

可是，土匪们得知大军围剿的消息后，纷纷化整为零，四处躲藏。侦察排搜查了一段时间，也没有发现土匪的行踪。

一天傍晚，一位村民找到牛贵祥悄悄问道："如果有土匪来投降，将会怎样处理?"

牛贵祥心中一喜，便毫不含糊地告诉他，按党的政策，可以宽大处理，并希望想投降的土匪尽快投降，争取立功。

这位村民离去后，牛贵祥暗想，这位村民之所以会

平息资溪暴乱

这么问，一定是有土匪传递信息。现在这村民后面的土匪是否会投降，就看他的工作是否做到位了。

第二天一早，这位村民再次找到牛贵祥，问土匪投降后，能否保证不会被枪毙。

牛贵祥告诉他：保证。

这位村民回去不久，一个狼狈不堪的土匪头子果真领着几个土匪前来投降。这个土匪头子就是国民党资溪县长胥拔勤。

根据胥拔勤的交代，侦察排了解到土匪邱旭升的一些情况。胥拔勤说，他和国民党资溪县党部书记邱旭升原本想逃往福建，可在仓皇逃跑途中不慎将眼镜丢失，高度近视的胥拔勤只得放弃与邱旭升逃跑的念头，选择投降。

邱旭升在得知胥拔勤投降的消息后，也害怕在逃跑途中被擒，所以带着 14 个土匪、7 条枪仍躲在资溪境内。

1951 年 1 月，抚州军分区和上饶军分区的部队协同作战，开始大规模围剿赣闽边境各县残匪。资溪县委除机关人员留守外，其余全都深入区、乡，分头带领部队和民兵剿匪。

1951 年 2 月 12 日，被剿匪部队和民兵包围得滴水不漏的石峡乡笼罩在雨雾中。侦察排排长朱文义带着一班战士头戴斗笠、身披蓑衣进入资溪县最高的山脉搜索。

忽然，他们看见有 3 个形迹可疑的人从不远的草丛中跳起，夺路狂奔。

朱文义和战士们拔腿就追，并大喝道："前面的人快点站住！缴械投降！"

谁知，那几个家伙不但没有停下脚步，反而跑得更快了。

朱文义和战士开了几枪后，一个家伙腿部中弹。但他身子一歪后，又跛足狂奔起来。在一个大瀑布前，浑身颤抖的土匪见无路可走，仓皇跳下百米高的瀑布，跌入水潭。

朱文义追到瀑布上方往下一看，两个匪徒已爬上岸，躲入灌木丛中。于是，他举枪向最后一个想上岸的家伙射击，那家伙应声落入水潭，一片污血也随之涌上水面。

朱文义原想还到下面搜索，但在崖顶转了几个来回，却没有下去的路，只好带领战士们返回了驻地。

当朱文义将这一情况向牛贵祥报告后，牛贵祥说："必须弄清楚那个被打死的土匪的真正身份。"

牛贵祥和朱文义二人请了一个向导，来到瀑布前，向导用砍刀劈开了一条路，下到深潭旁边。

刚到潭边，就看见一块怪石下有个家伙浑身瑟瑟发抖，缩成一团。

牛贵祥立刻拔出手枪，对着那人喝道："举起手来！"

那家伙一惊，跳了起来，双手正要摸枪，牛贵祥一扣扳机，一颗子弹便将这个土匪击毙了。牛贵祥再看水潭里，根本未见到其他土匪的尸体。

此时，雨越下越大，牛贵祥爬到瀑布前，问朱文义：

平息资溪暴乱

"水潭里根本没有你说的土匪尸体，现在只有一具，是我刚刚击毙的。"

朱文义一听，着急地说："不可能呀！我亲眼看见他掉进去的，除非他跑去投胎了，我就不信，找不到他的尸体！"说着，他抢过向导的柴刀，在崖边砍了一根毛竹，削去枝叶，然后用它在潭里划来捞去，终于捞出了一具死尸。

因为天寒地冻，潭水冰冷，尸体尚未膨胀，所以没有浮起来。

牛贵祥定睛一看，这长头发、大胡子的尸体外罩大衣，中穿毛线衣，脚蹬白胶鞋，身份显然与一般土匪不同。

向导看完此人后哈哈一笑，原来，这个家伙就是他们正在寻找的"豫章山区绥靖司令部"第九支队长、国民党资溪县党部书记邱旭升。

在这次大规模的搜剿运动中，我剿匪部队不仅使邱旭升饮弹毙命，而且还先后擒获了泰宁匪首严正和光泽匪首蔡绒三，极大地打击了资溪股匪的嚣张气焰，大长了我军的威风。

侦察排长巧遇"流浪汉"

邱旭升毙命后，很长一段时间内，竟没有一个土匪露面。战士们不禁想：难道土匪真的被消灭光了吗？

县委副书记田永丰及时提醒大家：

> 同志们，匪首曾皋九还没抓到，土匪还在这山里藏着。我们千万不能放松警惕，而应该再加一把劲，把残匪全部干净彻底地消灭光，这样才能实现我们为革命烈士报仇雪恨的愿望。

牛贵祥也给大家打气："只要他们想活命，要吃饭，要穿衣，就不可能不露出踪迹。"

1951年3月9日，高阜区水东乡高山庵的几位村民来到区政府。他们向区长报告说："昨天夜里，有10多个土匪到我们村来抢米了。"

区长陈子忠问："他们抢去多少米？"

村民回答说："抢去100多斤，满满一袋呢。"

参加剿匪的抚州军分区四八三团侦察排长朱文义当时正在场，他听了村民的报告后，当即带领5名侦察员和数十名民兵，赶到了高山庵。

在被抢去米的老乡家门口，侦察员们看到地上掉了

平息资溪暴乱

许多米粒。

他们顺着米粒撒落的方向朝村外走去，又发现通往张家山方向的山路上，有许多杂乱的脚印和漏掉的大米。

朱文义带着侦察员继续追踪，一直沿着林中的羊肠小道搜索土匪。但直到晚上，他们也没有追上逃走的土匪，只好原路返回。

第二天早晨，高阜区政府又接到村民报告：附近的山上有炊烟升起。

区领导从对当地老乡的调查中得知，这附近一带深山里根本没有居民。侦察排长朱文义断定："这炊烟一定是抢了米的土匪在煮饭。"

他立即把侦察员分成几个小组，各带领一部分民兵从不同方向朝飘出炊烟的山头合围搜索。

15时多，朱文义率领的60多个民兵与10多名土匪遭遇。土匪们一看见来了人，就像炸了窝的老鼠似的，丢下大米和还没有煮熟的米饭，没命地向丛林、草窝中四处逃窜。

但此时天色已晚，搜索小组只好返回驻地。

侦察员们虽然几次发现土匪活动的踪迹，却没有逮住一个土匪，但几天来的情况已经证明，曾皋九这股残匪已经到了弹尽粮绝的境地，他们活动的范围越来越小了。

这天，张家山北脚余家山窝里，四八三团侦察排副班长邹雪梅头戴斗笠、身披蓑衣，将一支冲锋枪藏在腋窝下站在村口放哨。

忽然，他发现一个头戴礼帽、皮肤微黑、个子矮胖的中年汉子向他挥手。

身着便装的邹雪梅觉得奇怪，也向他挥了挥手。

那人接着摘下礼帽，朝邹雪梅又挥了挥，更觉纳闷的邹雪梅也摘下斗笠向他挥了挥手。就在这时，那人似乎看出了不对劲，转身拔腿就逃。

邹雪梅立刻明白这家伙是个土匪，拔腿便追。同时，他快速拔出藏在腋窝里的冲锋枪，边追边鸣枪示警。

那土匪看见邹雪梅快步追来，便拔枪射击，邹雪梅动作敏捷，迅速躲闪。

邹雪梅端起冲锋枪一个连射，只见火舌吐出，那土匪脚步猛地抖了一下，一头倒在山道上。但他仍竭力挣扎，举枪回射，邹雪梅再次扣动扳机，那家伙就再也没有起来。

邹雪梅从污血满身的土匪的衣服口袋里搜出一张国民党党员证，把证件上的相片同死者相貌一对照，发现这个被击毙的土匪不是别人，正是资溪的头号匪首曾皋九。

"曾皋九被打死了！"消息像春雷轰鸣般迅速在高阜区及全县城传开。

平息资溪暴乱

合力生擒熊文辉

资溪是匪患的重灾区，这里还有个匪首叫熊文辉。他与两个同伙，在匪首曾皋九被击毙的第二年，也被觉悟了的农民合力生擒。

这个传奇般的故事，发生在资溪县的蔡家岭。

熊文辉，高阜乡溪南村人，地主出身，与曾皋九是国民党军校同窗；当上土匪后，又是曾匪的副手。曾任匪中校大队长，熊任匪少校大队副。这家伙与曾皋九是一文一武，向来配合得十分"默契"。资溪事件中，他也是攻城土匪头目之一。

熊文辉的两个同伙，一个是同村人曾禄鸣，另一个是林亚员。他们都是双手沾满人民鲜血的刽子手。

资溪县高阜镇往东约 1.5 公里，有一座资溪县唯一遗存的古塔——高云塔。在这座建于明代的古塔旁，一条沿小溪蜿蜒伸展的鹅卵石铺就的小路，是以前高阜与饶桥相连的必经通道。从古塔往东北再走约 3 公里，可见一个极小的山村，这就是蔡家岭。

解放初，蔡家岭只有一户贫农人家居住，男的叫曾发良，女的叫孔龙芬，他们还有一个 10 多岁的儿子。解放后，这家分到了田地，在这里过着还算平和安适的日子。

1952 年 8 月 26 日，农历七月初七晚上，蔡家岭的三口之家刚刚睡下，忽然被一阵猛烈的敲门声惊醒。

一个粗重的嗓音在门口喊着："喂！老乡，快开门！"

"谁呀！你们等一下吧。"曾发良披衣下床，来到门边，透过门缝定睛朝外一看，只见月光下站着 3 个人，他不由得倒抽了口凉气。

原来这 3 人正是眼下被政府通缉的漏网土匪熊文辉和他的同伙。

熊文辉隔着门对屋里人说："曾发良，我们可是乡亲，你就开开门吧，我们不会伤害你。"

曾发良想了想，回头看了看床上惊恐的妻儿，长叹了一口气，转身打开了门。

3 个土匪闪身进屋，他们四下打量着。

匪首熊文辉满脸堆笑地说："不要怕，我们不会对你们怎么样的，只是现在我们的粮食不够了，来向你们借点米。"

姓林的土匪拿出一个口袋，推搡着曾发良的妻子去储米间装米。

熊文辉继续说："老曾啊，我们可是真正的老乡，眼下我们有难，你帮助我们，我们是不会忘记的。你还不知道吧，第三次世界大战就要爆发了，我们的军队很快就要打回来了，到那时，我们会重重地报答你！"

土匪装了满满一袋米和食盐、腌菜、咸肉等，临走时一个土匪手里晃着乌黑发亮的手枪，指着曾发良的脑

平息资溪暴乱

门，威胁说："你千万不能向共军和外人透露半点儿今天的事。不然的话，你一家……"

他说完，便匆匆消失在茫茫的山林中。

此后，这3个土匪每隔几天就会来曾家抢一些食物。

曾家也从此过上了提心吊胆的日子，曾发良开始整夜整夜地睡不着觉，他陷入了无尽的苦恼之中。

有一天，曾发良望着窗外寂静的夜空，长长地叹了一口气，他妻子孔龙芬也没睡着，他们四目对望，希望能够找到一个解决的办法。

孔龙芬想了想，突然想起了什么，她提醒丈夫："我们何不去找饶桥外的那些亲戚朋友想些办法呢？"

"是啊，我们可以请他们来帮助我们啊！"曾发良腾地站起身，非常赞同妻子的意见。

妻子口中的这些亲戚朋友分别是：31岁的乡代表张祥寿，张的弟弟张益寿，还有童文贵和詹有忠。他们分别是曾发良夫妇父母家的同辈分的亲戚，都是跟曾发良一样的世代贫、雇农，平时他们彼此间常来常往，有困难都会相互帮助，而且他们都年轻力壮。

第二天天还没有亮，曾发良就悄悄地离家前往饶桥外。天黑后，他又悄悄地返回了蔡家岭。

直到晚上睡觉时，曾发良才轻声轻语地将他和亲戚们的"计划"告诉给了自己的妻子。

于是，一场殊死搏斗就要在这荒野的农家小屋里开始了。

9月21日，是土匪们约好又一次来曾家的日子。这天半夜，"笃笃"的敲门声再次划破了山野的宁静。

这已经是土匪们第五次敲响曾家的门了。曾发良一边从床上起来，一边大声地对门外的人说："来了!"

门一开，熊文辉、曾禄鸣和那个姓林的一拥而入，跟前几次没有什么两样。熊文辉还是那样做作地说："真是不好意思，又来搅扰你们了。"

曾发良一边叫妻子赶忙端饭菜上桌，一边说："实在对不起，这两天高阜街上没有杀猪，所以只好吃点素菜。"

曾禄鸣立即不高兴了，用眼睛狠狠地瞪了曾发良一眼。熊文辉却装"好人"地说："没有关系，有饭吃就行了! 非常感谢你了。"

曾发良忙指着桌上的食物说："不过，我家还有些酸肉饼子，算你们今天口福好。"

土匪们不等曾发良说完，立即用手去抓那酸肉饼。他们"吭哧吭哧"猛啃酸肉饼。

见到他们狼吞虎咽的样子，曾发良在一旁说："我给你们去打个蛋汤吧!"

他走到灶前，拿起锅铲，往灶上响响地敲了几下——这是他和亲戚们预先约好的动手信号。

说时迟，那时快，张祥寿他们4个人从里屋冲出来，各自朝着3个土匪的身后猛虎般扑去。

张祥寿抱住熊文辉，张益寿抱住曾禄鸣，童文贵抱住林亚员，詹有忠则提着柴刀，机动助战。

平息资溪暴乱

3个土匪猝不及防，被这几个青年农民拦腰抱住，一时吓坏了。他们做梦也没想到这屋子里还躲了4个人。他们这时想拔枪已是来不及了，身子已被几个年轻力壮的农民紧紧箍住。

土匪中数曾禄鸣身强力壮，他拼力挣扎号叫。詹有忠见状，用刀朝他头上、身上猛砍。

曾发良也提着一把柴刀来帮助张祥寿对付熊文辉，他挥刀朝熊文辉的头上连砍了数刀，熊文辉立刻头破血流，边晃头躲闪边厉鬼般地尖叫起来。

这家伙毕竟在国民党军校待过几年，学过几招，他忍住头上的剧痛，拼命挣扎，竟然被他挣脱出一只手，他从怀中掏出枪来。

曾发良哪容得他扣动扳机开火，挥刀便朝他握枪的手狠狠砍去。

与此同时，詹有忠也发现熊文辉拔出手枪，他急忙奔过来，右手拽住拿枪的手，用力一扭，夺过枪柄，熊文辉仍抓住枪管死死不放，双方拉扯着。

詹有忠左手提着刀，朝熊文辉这只紧握枪管的手上连砍两刀，熊文辉这才松开手，詹有忠顺势把枪夺了过来。

被张益寿紧抱住腰身的曾禄鸣突然蹦跳着猛叫了一声："放开老子！"

这家伙长得五大三粗，想用他的凶狠来镇住他们。

孔龙芬这农家妇女也不简单，她见詹有忠跑去帮助张祥寿和曾发良对付熊文辉，而这边张益寿对付曾禄鸣发生了险情，便赶忙冲上前去利索地将曾禄鸣的枪从其腰前一把夺了过来。曾发良听见曾禄鸣的狂喊，大吃了一惊，急奔过来挥刀朝曾匪身上连砍了几刀，曾发良的儿子也拿着一根木棍和几根粗绳前来助战。

3个持枪逃亡的土匪终于被眼前的5个农民及1个妇女和1个少年制服，他们用绳子结结实实地把土匪五花大绑起来。

熊文辉还企图用过去那种伪善的手法来博得同情。他带着凄婉的哭腔哀求说："曾发良，我们可是来你家做客的老乡。有你这么对待客人的吗?"

"呸!"曾发良恨恨地说，"我们也没有见过你们这样的客人。"

第二天一早，曾发良一家和他的亲戚们将这几个五花大绑的土匪送到了区剿匪指挥部。

平息资溪暴乱

"猪仔轿" 上的惯匪廖其祥

1951 年 3 月，就在资溪县剿匪部队接二连三地灭掉资溪地区匪首的同时，广昌县的剿匪领导人却感到了空前的压力，这是为什么呢？

原来，广昌的领导同志们正在为没有抓到本县的土匪头子廖其祥而头疼。

廖其祥绰号"廖大肚子"，是广昌县水南乡人。1927 年，廖其祥开始当土匪，他的土匪队伍已达到千人之多。1949 年，蒋介石命令在江西建立"豫章山区绥靖司令部"，廖其祥作为该部的一支重要土匪力量被收编，并被封了一个"少将"头衔。

1949 年 8 月，我人民解放军完成了赣江歼敌战斗后，随即转入全省的剿匪阶段，廖其祥匪部不久就被我剿匪部队击溃。逃得性命的廖其祥后来带着剩下的人和"豫章山区绥靖司令部"的王象其逃往建宁。

1950 年 1 月中旬，台湾派出特务在泰宁与廖其祥接上了联系。廖其祥召集余部重建"豫章山区绥靖司令部"，并将其改名。

为了做些"事情"给台湾当局看看，廖其祥依仗王象其的军事知识，攻陷了资溪县城。

制造了资溪事件后，廖其祥高兴得不得了，他立即发电报给台湾称："光复资溪，消灭共军 10 万。"台湾舆论也确实兴奋了一段时间，并大肆在其报纸、广播上吹嘘。

然而，廖其祥只兴奋了几天就被我剿匪部队打得七零八落，逃到了福建深山。

廖其祥虽打仗不行，但身为一个惯匪，逃命倒很在行。他不断地从我剿匪部队的空隙中逃掉，在深山莽林之中东奔西窜。

1950 年 5 月，他的好朋友王象其被我剿匪部队活捉，廖其祥为了逃命，跟王的儿子王安喜分道扬镳，逃得无影无踪。

那么，廖其祥到底逃到哪里去了呢？

就在广昌县剿匪领导一筹莫展的时候，建宁县却传来了廖其祥已被该县剿匪部队擒获并意外死亡的消息。

廖其祥是在建宁与泰宁之间的山区落网的。

1950 年 12 月 1 日，廖其祥带领 100 多人逃到靖安，遭到四三〇团一营的突然袭击。在强大火力的攻击之下，他进退失据，惊慌失措，连忙逃走。

随后，他又在逃往宁化的路上挨了解放军一记重拳，结果只剩几十人了。

1951 年 2 月初，快过春节了，在泰宁县弋口一带发现一股土匪。剿匪部队经分析，认为很可能是廖其祥残部。

于是，剿匪部队即刻派出燕作秀、陈祖蔚领导的泰

平息资溪暴乱

宁弋口武工队前往剿灭。同时，他们还将这一情况通报给建宁方面。建宁剿匪部队得到消息后，随即由连长杜玉泰和指导员刘炳政带领二八七团二营五连，赶来弋口。

2月7日，正值正月初二，人们顾不上欢庆春节，就立即开始了追剿行动。不久，他们就找到了土匪的藏身之地。

2月14日，战士们冒着漫天大雪，涉过冰冷刺骨的浦溪河水，以迅雷不及掩耳之势，向陡峭险峻的马坑岩洞发动了猛烈的攻击。

龟缩在洞中的30多个匪徒毫无准备，顷刻之间就被打得落花流水。但打扫战场时，却没看见匪首廖其祥。

这时，指导员刘炳政发现，通讯员张加祥也不见了。有人说，刚才好像看到他追一个匪徒去了。

刘炳政对九班长金道木一招手说："快！跟上去看看！"

原来，正当大家抓捕最后一批俘虏时，通讯员张加祥感到好像有人溜到一块岩石背后去了。他赶过去一看，只见一个人朝着河的下游方向拼命逃跑。

张加祥没来得及打招呼便追上前去。匪徒知道后面有人追赶，跑得更快了。本来张加祥可以一枪把他打死，但他看那匪徒年纪较大，说不定是个土匪头子，就想抓个活的。

他加速追到那家伙身边，纵身一跃，把他扑倒在地。

那匪徒虽说上了年纪，却很有力气，他翻身与张加祥扭打起来。

正在这时，刘炳政和九班班长都赶到了，他们向顽匪的脚上、肩上各开了一枪，那家伙才束手就擒。

刘炳政仔细打量了一下这个受伤的匪徒。只见这家伙大约40岁，头上戴了一顶黑色绒帽，上身穿一件棕色毛衣，下边穿着一条蓝色棉裤，脚下则是一双一般人所没有的黑色棉鞋。

这家伙和其他土匪一样，因长时间在山野逃窜，日晒夜露，食物缺乏，瘦长的脸上呈现一种酱黑色。他的头顶是秃的，剩下的疏而长的头发乱七八糟地盖在脸上，显出丧家犬般的狼狈与晦气。

还有一个最显著的特点，就是他镶着一颗很大的金牙。

刘炳政问俘虏："喂，你叫什么名字？干什么的？"

那个家伙闭着眼睛装死，一声不吭。

一个战士猜道："他不会是大土匪廖其祥吧？"

另一个道："你凭什么这么说呢？"

那个战士回答说："你看他穿得这么好，口里还镶着金牙呢！不是头子哪来这么多钱呢？"

连长杜玉泰听了他们的话也认为有这种可能，一个战士接着说："还有证据呢！你们看，我们刚才在他住的岩洞里缴获了许多武器弹药，还有几十斤鸦片、几十件金首饰和几千块大洋。"

大家正说着，弋口武工队的陈祖蔚押了一个刚抓到

平息资溪暴乱

的土匪队长前来指认。

土匪向前一看，对众人说："他嘛，就是我们的廖司令呀！哦，不对，他是长官们要抓的土匪头子廖其祥！"

一直装死的俘虏微微睁开眼睛，愤怒地瞪了那个土匪一眼，随即又把眼睛闭上了。

这个很小的动作，并没有引起大伙的注意，但细心的指导员刘炳政却看在眼里。他故意大声地问那个来指认的土匪："你说他是廖其祥，可我听说廖其祥可是个大肚子，你看这个人，他的肚子根本就没有嘛！"

那个匪队长见刘炳政这样说，赶忙解释说："哎呀，长官，你又不是不知道，我们这一年多被你们撵得到处跑，从江西逃到福建，又从福建逃回江西。我们一路上吃不好睡不好的，再大的肚子也跑瘪了。"说着，他夸张地掀起自己的衣服，指着瘪瘪的肚子说："长官们，你们看，我不是也瘦得能从肚子上看到脊梁骨了吗？"

战士们听完哈哈大笑起来。

联合会剿胜利结束后，弋口武工队根据县领导的指示，押解廖其祥前往泰宁县城。这里去县城不通公路，而廖其祥又挨了两枪，不能自己行走，武工队的同志只好用一种名叫"猪仔轿"的方法把他抬着。

"猪仔轿"其实就是一种极简单的扛抬工具，它是在两根竹竿中间，夹一把做工粗糙的竹椅或者只用几根凹形短杠相连。当地的山里人到城里去卖猪，就是将猪这样抬去的。

从马坑岩洞到山下的路非常不好走，扛轿的同志到一个地方就要换几个人。他们一边抬，一边聊着闲话。

走在前面的人说："这次抓住了这个家伙肯定要千刀万剐。"

后面的人回答："可不是嘛！这个人这么坏！"

他们说着说着，只觉上身一晃，两肩一轻，又听得"嗵"的一声，什么东西摔到崖下去了。

"哎呀！"后面的人大叫一声，原来是他们抬的廖其祥从竹竿上掉了下来，滚下了山。

武工队的陈祖蔚立即跑过来，生气地问这两个同志："你们怎么把他翻下去了？"

扛轿的同志连忙说："队长，这不关我们的事，是他自己用力挣脱下去的。"

陈祖蔚检查了"猪仔轿"，发现那根绳子的确是被挣脱过的，而且走在他们后面的人也都看到了这个事实，不是扛轿同志故意将廖其祥摔下山的。

陈祖蔚估计这是廖其祥想自杀造成的，便不再说什么了。于是他命令人到山下把廖其祥的尸体找上来。

这是一条很窄的山路，上边是峭壁，下边是深谷。大家攀藤附葛而下，找到廖其祥时，他已是一具血肉模糊的死尸了。大家费了好大的劲才把他弄到路上来，依然让他乘着"猪仔轿"。

建宁离广昌只有几十公里，县里得知这一消息后，便通知了广昌。广昌县长马加接到电报，随后就派本县

平息资溪暴乱

公安局的邱发生前往泰宁，并致信该县政府，要求他们将廖其祥的首级或其死后照片及被俘虏残匪名单、照片一并交由邱发生带回。

3月15日，邱发生带着廖其祥的首级回到了广昌。广昌人民确认这家伙真的死了，终于放下心来，从此便安心地发展生产，建设家乡。为此，马加起草文件，向专署报告。其文如下：

朱专员：

我县匪首廖其祥于今年2月14日在福建建宁县被我人民解放军围剿捕获，解至泰宁开永乡时，伤重毙命。本府于本月4日派本县公安局邱发生同志前往泰宁县提取廖匪死后照片及其首级，业于今日提取回县。

兹将廖其祥死后照片一帧送请鉴核实。

广昌县县长马加

1951年3月15日

"双料" 特务终落网

1952 年 9 月，参与资溪事件的匪首熊文辉被村民成功抓获后，制造暴乱的几个重大匪首也基本被剿灭干净。到 1952 年年底，江西全省歼灭土匪、特务共 5.5 万人。

不过，在这场剿匪运动中，另一个作恶多端并间接参与暴乱的金溪匪首向理安却直到 1957 年才被执行枪决。

向理安，湖南溆浦县人，1908 年生于金溪县何家巷。1929 年曾参加红军，两年后叛变，担任保安团分队长、县保警中队分队长、保警大队副官。金溪解放前夕，他带领县保警队 190 多人上山为匪，被"豫章山区绥靖司令部"委任为"第六总队"队长，担任金溪、临川、东乡、贵溪、资溪、南城、余江七县反共总指挥。

向理安从匪期间，曾有 170 余名革命干部、家属和群众遭其杀害，是赣东地区罪大恶极的匪首。

在资溪暴乱中，向理安带领众土匪直扑资溪，但途中听说县城已被攻破，便转袭高阜区公所，在那里抢掠了一番后，躲入大山李坊营一带。

匪徒们连夜行军，疲惫至极，一到驻地，倒头便睡。正当他们鼾声如雷之际，我剿匪部队四八三团六连从天而降，将匪徒全部包围在他们所住的房屋之中。

平息资溪暴乱

向理安从睡梦中醒来，慌忙组织土匪强行突围。

这一仗，向理安几乎全军覆没，只有他自己带了几个亲信逃了出来。此后，他又在我群众基础薄弱的地区搜罗了一些残匪继续作恶。

1950年4月中旬，向理安在赛元岭山棚再次被围，两名匪徒被打死，剩余的匪徒被冲散。

6月中旬，剿匪部队与向理安在和尚坪遭遇，匪徒趁天黑朝判坑逃窜。

中秋节前夕，匪徒藏在东乡鹅笼峰时，剿匪部队突然袭击，匪头目周继商负伤而逃。

此后，向理安一方面极力避免与剿匪部队接触，另一方面却加紧了对地方政权的骚扰和对人民群众的伤害。

12月24日深夜，县大队政委吉云祥接到公安机关的情报，得知了向理安的下落。他立即率部袭击竹桥乡下塘源村，10多名匪徒当场被打死，其余由两路向杨坊、梅坊逃走。其中多名匪徒逃到梅坊香菇厂，被早已埋伏在那里的剿匪部队一举歼灭。

"分队长"许炳坤带着七八个人在杨坊石嘴头山上藏匿，晚上到村里抢吃的，刚进村就落入包围圈中，一个个被生擒活捉。剿匪部队继续追击剩余残匪，追到长兴山厂，向理安闻风而逃；25日再追至涂岭山厂，匪徒亦不作任何抵抗，拔腿便逃。

我剿匪部队犹如强劲的狂风，匪徒们就像残败的落叶，再无还手之力了。

1951 年 1 月初，向理安和最后的几个喽啰到了金溪、资溪两县交界的孔药坑白水济，这里山高林密，远离村庄。剿匪部队一时间没有了土匪的消息。

不久，向理安的爪牙之一曾水仔来到金溪剿匪部投诚，他给大家带来一个好消息说：向理安被他砍死在了匪窝里。

我剿匪人员立即前去查看，但在那里并没有找到向匪的尸体。

剿匪同志正要问个究竟，其他的土匪却纷纷愿意用人头担保曾水仔说的是事实。

这样，向理安的最后几个爪牙，终于放下手中的屠刀，投降了。至此，向理安这股闹得最凶的土匪，就此干净彻底地被消灭了。

可是，他们的头子向理安呢？活要见人，死要见尸！他到底去了哪里呢？没有人知道。

直到 1953 年初，江西省公安厅无意中抓获了台湾驻香港的国民党特务头子李惕非。

为了能够减轻自己的罪行，李惕非告诉公安人员，我方一直没有逮捕归案的向理安在香港出现过。

从李惕非的嘴里，我方人员又知道了向理安消失后的一些情况。

原来，曾水仔果真砍了向理安，但遗憾的是，由于曾水仔是在半夜动的手，砍杀中，他仅仅砍掉了向理安的一大块肉，却没有将他砍死。

平息资溪暴乱

待曾水仔前去报案时,向理安忍痛连夜逃走,赶到了鹰潭市他岳母家,在那里拿到他老婆的地址后,随即爬上火车前往上海。

向理安的老婆周瑞云是贵溪蔡坊人,1938 年与向理安结婚。江西解放后,向理安把妻子送往上海,为自己多留了一条路。

向理安在上海只待了几天,便搭上了去香港的船。

到香港后,向理安由土匪变为特务,被国民党任命为"豫章山区军事联络专员兼赣东调查员",给他的新任务是潜回大陆发展特务组织,搜集大陆军事政治情报,利用各种旧关系组织地下武装;并且以金溪、黎川、光泽、泰宁等县为活动中心,建立"游击基地"。

1951 年 5 月 19 日,向理安接受命令后偷渡潜回大陆,由于没有证件不能通行,他便自己伪造了一张"通行证",登上了去上海的列车。

可是,他骗过了香港警察,却没骗过上海的纠察。向理安以一口谁也听不懂的"潮州"土话支吾搪塞着,上海纠察只好根据他的"伪造证件罪",判他半年徒刑。

同年 12 月,向理安出狱后,再次回到了香港,并在后来恢复了自己的"调查员"身份。

这时,向理安又投靠了另一个特务组织。经人介绍,他加入了"中山学会",并被任命为"中委会"二组属下的"江西工作站站长"。

这样,向理安成了国民党的"双料"特务。

李惕非告诉工作人员，向理安第一次去香港时，曾两次拜见过他，对他非常信任，如果公安人员需要对向进行逮捕的话，他愿意提供帮助。

李惕非所说的这些消息使公安人员眼前一亮，为了尽快抓到匪首向理安，经过上级有关部门的批准，公安人员利用特务李惕非，让他先与向理安通过书信联系，逐步取得向的信任。

不久，向理安给李惕非的回信称：他正有回大陆"办事"的打算，要求李帮忙给他找一张从香港通往大陆的通行证件。

不久，一张由省公安厅印发的正规通行证，很快寄到了向理安的手里。

与此同时，公安厅派出王长荣、王福生两位同志前往广东深圳的罗湖守候，等待向理安落网。

然而，一天一天过去了，却不见向理安到来。

在罗湖等候的同志有些着急了，难道敌人发现了什么破绽？考虑到我们的计划毫无疏漏之处，公安厅杨处长指示王长荣等人不要着急，耐心等下去。

1954 年 1 月 24 日，也就是公安厅所发通行证失效的前一天，向理安终于离开香港，拿着通行证顺利地通过了香港港口。然而，当他一跨进罗湖的门槛，就被我公安人员秘密逮捕。

尽管向理安受过两次特务训练，经验非常"丰富"，但这一次，他仍然显得惊慌失措。

平息资溪暴乱

他不能再像在上海被捕时那样，装作什么都听不懂，因为人家一见面就叫出了他的名字：向理安。

向理安在赣东犯下的罪行罄竹难书，仅人命就有300多条。

1956年12月25日，金溪县人民法院判处向理安死刑。1957年1月7日，经省高级人民法院最后判决，执行枪决。

至此，直接和间接参与资溪暴乱的土匪头子均受到了人民正义的审判，受到了应有的惩罚。

二、 肃清赣东匪患

● 张连长信心十足地说："再大的困难我们也能克服，保证完成任务！"

● 韩志忠把大手一挥大声地喊道："同志们！冲啊！我们上去抓活的！"

● 姚振林一边喘气，一边鼓励大家："同志们，加油啊！我们跑不动了，他们一样也快跑不动了！"

围剿 "云山王"

　　江西省中间为平地，赣江、抚河等数条江河贯穿其间；北面是烟波浩渺的鄱阳湖；沿东、南、西外围，依次排列着武夷山脉、九连山脉、罗霄山脉、九岭山脉、幕阜山脉，及井冈山、庐山、怀玉山、武功山等诸多险山胜景。特有的地理、人文环境，养育了王安石、文天祥、方志敏等一大批著名的政治家、文学家和爱国民族英雄，但也出现了一批制造暴乱的悍匪恶魔。

　　解放初期，江西境内有290余股土匪，匪徒达5.5万人。这些土匪打着各种旗号，在全省各地烧杀抢掠，疯狂捣乱。其中，尤以地处赣东的土匪为最多。

　　根据全省的匪情，早在1949年7月江西解放初期，江西省军区便下达了《关于第一期剿匪方针和部署的命令》（以下简称《命令》）。

　　《命令》指出：首先巩固赣东、赣北一部或大部地区为立足阵地，以便配合主力向赣西、赣南推进。

　　7月26日，四野第十五兵团四十八军发起赣西南战役，至8月29日基本扫清了赣西南地区的国民党军队。除乐安、广昌、石城三县外，江西全境宣告解放。

　　8月13日，中共中央华中局、华中军区明确指示四十八军兼管赣西南地区的剿匪斗争。17日，江西省军区又发出《关于第二期剿匪方针和部署的命令》，从此，江西全省的大规模剿匪斗争进入实施阶段。

当时，赣东的土匪非常多，除了制造资溪暴乱事件的土匪外，其他各县的土匪也都十分嚣张。

云居山又称"云山"，位于赣东的永修、靖安、武宁三县交界的三角地带。

这里山高林密，地形险要，石洞密布，道路狭窄。江西解放后，这里还盘踞着国民党残匪近千人，其中活动最猖狂的是"青年救国团湘鄂赣义勇总队二十二支队"的熊扬鹰股匪。

1949 年 10 月，南昌军分区和九江军分区共同派出兵力，开始对云山土匪进行围剿。

出战前夕，九江军分区司令员祝世凤亲自向留在九江剿匪的一五六师四六八团二营四连张连长布置任务。

祝司令员拿起桌上的一叠纸，交给张连长说："小张啊，云山地区的土匪活动非常猖獗，你先来看看这些材料。"

张连长打开材料，仔细看起来。

材料上介绍的是云山土匪头子的情况：

熊扬鹰，永修县人，早年当过国民党区政府文书、保长。抗战时期投靠军统，先后担任江西省保安司令部常备大队中队长、德安县保安大队长等职。

他盘踞云山一带已 10 多年，长期对百姓实行血腥统治。群众称他为"云山王"。

肃清赣东匪患

047

江西解放前夕，军统特务罗光华组织"国防部青年救国团湘鄂赣义勇总队"，委任熊为"第二十二支队"支队长。

熊匪为了扩充实力，大肆搜罗国民党地方保安队、乡保队及旧军官、职员、兵痞、土匪、流氓、地主恶霸等，拼凑起300余人，编成了4个大队。大队长依次为邹向荣、涂元志、曾彪、马文宣，他们都是国民党军官和军统特务。

熊匪装备较好，有轻重机枪4挺，长短枪280余支，还有电台1部。

解放军渡江后，沿主要交通干线自九江、武宁向南昌挺进，熊扬鹰窜入以云山为据点的永（修）、武（宁）、靖（安）三县交界山区，活动范围东起永修云山，西至武宁石门楼，北至柘林，南至靖安青草山，为害范围达到100平方公里。

面对我军的节节进击，熊扬鹰玩弄起了两面派手法：他一面派遣少数匪徒向我军假投降，造成假象，分散解放军对他的注意力；一方面散布谣言，威胁群众，不准群众给解放军带路送信，不准向人民政府缴粮纳税。

同时，他还将小股匪徒埋伏于交通要道、险关隘口，伏击解放军和人民政府的小分队及零散人员。

况司令员又拿出另外一份文件递给张连长说："你再看看这些资料，这个熊扬鹰更是无法无天！"

张连长接过来，只见文件上详细记录了熊扬鹰七八月间对我军犯下的滔天罪行：

　　7月26日，中国人民解放军第四野战军四十四军9名掉队的战士，在永修县境内的公路旁休息时，遭匪特袭击，无一幸存。

　　7月28日，永修县涂家埠山下渡口，3名过境的战士被匪徒枪杀。

　　7月29日，我军一辆军车在永修县云山下的公路上遇匪特伏击，司机牺牲，军用物资被抢，军车被点火烧毁。

　　7月31日，江益火车站遭匪特突然袭击，铁轨被炸断，破坏严重。

　　8月4日，永修县县城被匪特围攻，县政府遭敌袭击。

　　张连长看得气愤难平，他的脸涨得通红，说："司令员，您下命令吧，我们一定为牺牲的同志报仇！"

　　司令员语重心长地说："小张啊，这些匪情报告你已经看过了。熊扬鹰这帮土匪实在太猖狂了，不抓紧消灭不行。可现在主力正在南下西征，地方政府又刚刚成立，我们还不能拿出更多的兵力来剿匪。所以军分区决定，你们四连马上动身去云山剿灭熊扬鹰股匪。怎么样，有困难吗？"

　　"再大的困难我们也能克服，保证完成任务！"张连

肃清赣东匪患

长信心十足。

"不过,"司令员亲切地说,"你也不是孤军作战,你先去打前站。随后,军分区将派出几个连与你并肩战斗。"

张连长立正答道:"是!"

"好。"司令员拍了拍张连长的肩膀,说,"剿匪与正规作战不尽相同,你一定要多动脑筋,注意及时总结经验,随机应变,要紧紧依靠地方党组织和广大群众。我们等着你早日传来好消息。"

"请首长放心!"翌日,张连长即带着120多名指战员出发了。

他们得到土匪活动的情报后,悄悄设置了埋伏圈。

这时,天空下起了小雨。微风吹来,浑身湿透的战士们用身体护着枪弹,双眼紧盯着河对岸。

河对岸终于出现了一束微弱的亮光,仿佛是鬼火闪闪。半个小时后,岸这边响起了小船靠岸的摩擦声,接着便是湿草地上发出的轻轻脚步声。

张连长听得仔细,判断大概有五六个人。他知道,这很可能是土匪队伍探路的前哨,所以,没有立即下达出击的命令。

脚步声越来越近。

"有人!"

一匪兵忽然发出微小的惊叫。

张连长以为已被发现,果断命令"上",几只手电筒一齐照亮,十几个战士立即扑了上去。5名土匪全被活捉，为首的是小队长刘品青。

对岸"乒乒乓乓"响起一阵乱枪。果然，这 5 个人是熊匪的"探雷器"。熊匪正准备去攻打白槎区人民政府，他的大队人马已在对岸上了船，只等这边发出"平安信号"，便全部渡过河来。其实，这 5 名土匪并没有发觉伏兵，而是狡猾的熊扬鹰让他们"例行公事"。

张连长简单审问了几句，显然意识到了什么，就立即命令："火速赶往泡桐乡！"

泡桐乡离白槎 10 余公里。等小分队赶到，还是晚了。匪小队长吴家达带着 10 多个匪兵已经袭击了泡桐乡，抓走了乡自卫队队长汪子富。张连长立即带队追击，凌晨终于在邻县的泥山追上了吴家达一伙。

匪徒们没料到后有追兵，一听到枪响就慌了神，吓得四处溃逃。汪子富和自卫队员乘机跑出，可汪子富却被匪徒连射两枪后当场牺牲。

在这以后的一段时间里，小分队与熊匪的先头小股匪队有过两次较量，取得了小胜，抓住了熊匪的几个中队长以下的小头目，共毙俘 20 多个匪兵。

但熊扬鹰人地两熟，我军总也抓不住他的主力。

时至深秋，云山茂密的森林已落叶纷纷，白霜薄薄地覆盖在树枝草叶上。为了尽快消灭这股土匪，10 月中旬，南昌军分区司令员邓克明亲率部队来到云山，指挥这里的剿匪工作。

邓克明决定对熊扬鹰展开一次大规模的进剿。

肃清赣东匪患

司令员这次调动了6个连队和3个营属机炮分队以及永修、靖安、武宁的县区武装近千人参加这次行动。

邓司令员决定：6个步兵连在机炮分队和县区武装支援下，自永修、靖安、武宁方向分9路向3个县交界的云山中心进剿。首先是把住口子，安设据点，进行包围，堵住土匪的逃路。然后拉网搜剿，打乱匪队的指挥机构，捕捉潜藏的土匪情报人员，切断土匪的交通，断绝其粮食和情报来源。

10月18日，进剿开始。然而，剿匪部队一进到山里便发现：山区群众由于受土匪的欺骗和恐吓，对解放军有疑虑。男女老少都跑出了住所，将所有的粮食、锅灶、碗筷、被子、耕牛、鸡鸭等全都搬到深山密林中隐藏起来。

邓司令员及时发出指示，要求剿匪部队一面搜山，一面大力开展群众工作。于是，指战员们向进山群众耐心宣传革命形势和党的政策，同时通过自己严格遵守纪律，不拿群众一针一线，并帮助老乡担水打柴等实际行动感化群众。

几天后，在耐心劝导和群众的相互劝说下，老乡都陆陆续续回家了。剿匪部队还根据群众的要求，与地方党组织一起，将尚未建立人民政府的区、乡很快建立起人民政府，帮助把小学恢复起来，各乡、村订了报纸，并从山外运进一些山里最缺的食盐分给群众。

这些措施深得民心。群众不但不再躲避解放军，而且主动为解放军剿匪提供各种帮助。

匪首熊扬鹰瞅准部队集中主要精力发动群众的间隙，带着他的 20 余名亲信逃出了包围圈。

10 月 25 日上午，派驻武宁剿匪的四六八团一营得到侦察员报告：熊扬鹰股匪窜到了位于武宁西南部与修水县交界处的石门楼一带，向群众要粮要物，并公然进行抢劫。

石门楼距武宁剿匪驻地 40 多公里，一营营长刘四海接到报告，一面立即率领部队奔袭石门楼，一面派人报告上级。他们开始进行急行军，不久，就进入了森林。

这时，大风骤起，豆大的雨点劈头盖脸地打了下来。指战员们走出了一身汗，又浇了一身雨，有些人还打起了喷嚏，但大家毫不理会。

部队疾进在泥泞的山间小路上，不断有人滑倒，但大家没吭一声，爬起来继续前进。

次日凌晨 4 时许，部队赶到了石门楼。此时已是雨过天晴，空中闪出几颗晨星，东方即将破晓，村庄和周围的地形已隐约可见。

刘营长作了三面夹击的部署后，亲自带领一连直扑土匪住处。

战士们麻利地灭掉了土匪的哨兵。此时匪徒们正在酣睡，战士们大喝一声："缴枪不杀!"

匪徒们从梦中惊醒，有的迷糊中抓起枪来乱放，有的匪徒还没有反应过来便当了俘虏。

肃清赣东匪患

为震慑土匪，刘营长命令六〇炮排朝天放了几炮，土匪们听了，吓得魂飞魄散，大呼："不好了，共军来了！"

他们再也顾不上抵抗，衣服没穿就往外跑，几个女匪甚至光着身子跑出逃命……

这次战斗只打了 30 分钟，我军战士击毙土匪 1 人，俘虏匪大队长邹向荣以下 50 多人，缴轻机枪 2 挺、长短枪 40 余支。一营战士无一伤亡。但熊扬鹰和另外 3 个匪大队听到枪炮声便溜走了。

一营继续沿九岭山脉北麓向东搜剿。

10 月 30 日，侦察员又得到消息：熊扬鹰已逃至云山以西的五峰山东南两峰之间、四面环山的小盆地真如寺内。

真如寺是有名的佛教圣地，寺内有 100 多名和尚，太平年间香火不断。此地海拔有 800 米高。

上真如寺，一是自白石港西行穿过云山，是上山的主道；二是从戴家沿一条小溪右侧攀山越岭从南面进入；三是从北边江上经梅花坛、朱家岭穿过云山、五峰山两峰之间。

几条小路都是山高坡陡，有些地段是悬崖绝壁，易守难攻。最难走的是第三条路，但只要顺着这条路夺取两峰之间隘口，就可以控制真如寺及其周围的盆地。

刘营长选择了最难走的这条路，他带领部队连夜搜索行军 40 公里，于第二天 8 时许到达朱家岭，当即召集各连干部勘察地形后，下达了战斗命令。随后，他便亲率一连冲向隘口。

守卫隘口的匪哨兵见解放军有如神兵天降，打了两枪后，撒腿就往回跑。一营乘势追了过去，一连在右，二连在左，迅速从东西两侧包围了真如寺。

此时，匪徒们有的在墙根底下抱着枪打盹，有的在寺外草地上休息，他们听到枪声后，立刻乱成了一团。

我军指战员居高临下，各种武器一齐开火，边打边冲下山来，冲进寺院，进行短兵相接。最后，我军打伤俘获土匪40余人，缴枪30余支。

战斗中，匪首熊扬鹰再次逃走。但当他带着不到100名的残匪朝柘林方向逃去时，却刚好遇上了南昌军分区的搜剿部队。

熊扬鹰和残匪们又与我方战士激战了一场。

战斗结束后，我方战士击毙匪徒3人，击伤、俘虏30余人。

刘营长处理完真如寺战斗的善后工作后，率部向柘林追来。熊匪见势不妙，遂命几十名残匪化整为零，暂时潜伏回到各自的家中。

为了揪出隐藏在群众中的土匪，剿匪部队也随即分成几个小组，深入各个乡村发动群众，做土匪家属的工作。很快，一些潜藏起来的土匪纷纷出来投降了。

熊扬鹰意识到，再这样发展下去，不出一个月，"第二十二支队"将不复存在。为了保存他的实力，他立即

肃清赣东匪患

通知剩下的匪徒到武宁县东南瓜源河畔的杨洲集中,因为这个村有他的铁杆密友、大地主恶霸柯建安。

11 月 5 日,刘营长接到前不久弃暗投明而被派打入熊匪内部的黄小毛和张宝伢送来的情报后,马上带部队夜行军 25 公里,于次日凌晨包围了杨洲。经战斗,毙匪两人,俘匪副队长陈克桃以下 20 余人。

匪直属大队长带领一二十名残匪冲出村庄逃入森林。熊扬鹰这次又因未住杨洲而逃脱了。

经过这次打击,熊扬鹰心里明白要“重整旗鼓”是没指望了。他现在唯一的希望是躲过搜捕,留下一条活命。为了缩小目标,他仅带亲信跑回他的老家附近,躲在云山北侧梅家山山坳中的荫山庄一个小茅屋里。

这是他在云山的一个秘密窝点,连他手下的小头目和绝大多数匪徒都不知道。

这里地处崇山峻岭的密林深处,没有道路,只能沿山涧小溪攀缘而上,就是砍柴打猎者也轻易不会到这里来。同时,这里还可以观察山下的情况,便于躲藏隐蔽。再加上这里离永修河仅 5 公里,也有利于水上逃遁。

然而,熊扬鹰在这里仅仅“安静”地度过了 5 个昼夜,便走向了他的末日。

为了剿尽残匪,捉住土匪头子,剿匪部队同时展开分片搜剿,加上广大群众的自觉参与,整个云山地区已成为一张疏而不漏的大网。

云山北麓何家坳、梅家山、朱家岭一带是九江军分区四六八团二营四连的搜剿责任区。

11 月 10 日上午，雨不停地下着，在张连长和指导员的带领下，四连早早地吃过早饭，来到梅家山，搜过几个山头后，向东面的高山前进，百余米长的队伍在泥泞的小路上走动着。

雨水顺着战士们的帽檐成串地往下流，风也刮得更紧了。部队穿过一片树林，渐渐地逼近荫山庄。突击组长李大元带着组员走在前头，大家的眼睛瞪得老大。李大元对组员小声说："大家注意前面的小房子！"

在距小屋还有五六十米的时候，李大元从树林缝隙中观望，发现小屋里有人在烧火，他心里不禁一怔，自言自语地说："怪了，几天前来时这里是没人住的，怎么今天……"

"机灵点，准备战斗！"李大元小声说完，端起上着刺刀的三八枪，三步并作两步冲了上去，当他在小屋前停下时，两个组员也从两边冲上来了。

"别动！"李大元等人一齐端枪冲了进去，土匪还没有反应过来即被制服。而门后躲着的一名土匪却突然冒出来将李大元紧紧抱住。

"不许动！不然我就打死你！"土匪说完，松开一只手，想掏出枪来，李大元趁机使劲把土匪甩出门外。土匪趁势往树林里钻去。

"你给我站住！不然我就开枪了！"李大元在后面大声地吆喝。

肃清赣东匪患

土匪哪里肯听，他头也不回地拼命向前跑去。

李大元追了出去，一看再不开枪就快够不着了。

"砰！"李大元食指一勾，扣动了扳机。

"哎，别开枪！要抓活的！他就是熊扬鹰呀！"见此情景的突击组员张富押着土匪在门口着急地喊。

但是，逃跑的土匪已经应声倒了下去。

队伍上来了，指导员忙跑过来问李大元："这是怎么回事呀？"

李大元有些难过地低下头说："指导员！真是太对不起了，我没能活捉熊扬鹰，没有完成好任务。"

指导员安慰他说："好同志，这没关系，虽然咱们没有实现'活捉熊扬鹰'的口号，但把他打死了，这也是为群众消灭了云山的最大祸害呀！"

击毙熊扬鹰的消息很快传遍了云山内外。群众兴奋极了，纷纷燃放爆竹以示庆贺，并挑着几担猪肉、粉条等好吃的来到四连慰问子弟兵。

是啊！打死熊扬鹰，不仅是军队的喜事，也是百姓的喜事，因为从此以后，云山的人们可以过上太平日子了。

瓦解"狡兔军"

1949 年 10 月，就在一五六师四六八团二营的剿匪部队对"云山王"熊扬鹰围剿的同时，我一五七师四七〇团也接到了前往广丰山区剿匪的任务。

广丰位于上饶东北部，与闽浙接壤，其东南部是仙霞岭支脉，与武夷山东北段相连，主要山峰都在海拔1000 米以上，境内林密草茂，交通不便。

解放初期，广丰地区主要股匪有纪老呆、叶化龙、谢国华、杨老四、郭永槐、苏文样、李德、刘盘仔等股，共 3000 多人。他们中的首领纪老呆是伪军官出身，解放前，国民党委任他为"闽浙赣游击总队"司令。他手下除有许多原国民党军官外，还有能召集匪徒 500~600 人的惯匪头领 200 多人。

纪老呆等股匪与别的土匪不同的是，他们一直遵循着"兔子不吃窝边草"的习惯。虽然他们在广丰、浦城和江山都有匪穴，但他们却不在自己的匪巢附近作案。他们经常到外县去抢劫，有时还带上匪巢附近的群众，并把抢来的东西分给群众以收买人心，因而被当地人称为"狡兔军"。

早在我二野大军云集赣东北，扫荡国民党残余武装时，这些股匪慑于我军声威，化整为零，逃往边缘地区，

就地潜伏起来。二野大军南下西进后，逃往边缘的股匪又窜了回来，就地潜伏的也冒了出来。他们袭击我区、乡政府，抢劫财物，杀害我地方干部和群众。广丰县有两名区长和几十名干部群众被土匪杀害，闹得地方干部不敢离开县城和市镇。

我四七〇团到广丰后，团长张庆成立即决定将两个营8个连的兵力分散进驻匪情严重的地区。具体部署是：

二营在沙田、五都、二十四都各驻1个连，以1个连为机动分队，营部驻沙田区；三营在四十二都、排山、大南各驻1个连，以1个连为机动分队，营部驻大南；一营由张副团长率领到铅山县剿匪，团部驻广丰县城。

确定部署后，各营战士立即展开了剿匪行动。

但是，由于当地的群众长期受到土匪们的假意收买，我剿匪部队在行动中遭到许多不便。

一天，师侦察科长带侦察分队来广丰剿匪，走进群众家里时，被了解情况的群众砍伤左臂。

又一次，我方单独外出执勤的人员，在和群众走在同一条路上时，冷不防被群众打伤，其枪支也被抢走……

针对这种状况，我军只得边剿匪边做群众工作。

战士们真心实意地帮群众干活：扫地、挑水、担谷、打柴，不断拉近和群众的距离。

各乡、各村召开多次大小会议，为群众讲明土匪在各地所做的坏事和危害，使群众对部队由理解而亲近，由亲近而拥戴。

到 11 月中旬，我军虽然没有大量歼匪，但争取了群众，打击了土匪的嚣张气焰，追得他们不能立足，逼使他们化大股为小股，抢劫破坏也有所收敛。

11 月下旬，我军根据匪情变化，改变了战术，采取以分散对分散，命令驻剿分队广泛设点，发动群众；展开政治攻势，配合机动分队堵截土匪，制止其到处流窜；机动分队反复清剿，来回拉网，发现土匪猛打穷追，使土匪无活动的余地。

经过 3 个多月的清剿，各连都打了不少的胜仗，歼匪的数量也很可观，其中击毙和击伤匪首杨老四以下 70 多名，俘虏匪首谢国华以下 300 多名，争取投降自新 100 多名，缴枪 1000 余支。到 12 月底，广丰境内趋于平静。

1950 年 2 月，资溪城传来了"光复资溪"的消息，广丰残匪也蠢蠢欲动。

为了将广丰的匪徒剿灭干净，我剿匪部队采取战斗队与工作队相结合的办法，在边缘地区保持强大的军事压力，发现土匪即穷追猛打，不分省、县界限，直到把土匪消灭为止。

2 月 20 日，四七〇团二营配合福建会剿流窜于浦城以西的郭永槐股匪，25 日战于盘古街，土匪狼狈东窜。二营追到礼溪乡，毙伤匪大队长苏文样以下 7 人，俘匪副总队长李德有以下 17 人。匪首郭永槐逃窜。

6 月 27 日，四七〇团三营配合玉山公安分队，在双

肃清赣东匪患

口村俘重要匪首"闽浙赣反共救国军"第一军副军长刘文波；12月，二营又在天桂区击毙匪首刘盘仔。

工作队配合地方政府，发动群众，进行"双减反霸，深挖匪根"的工作。他们把从地主手中缴来的物资分给贫苦群众，把群众发动起来。此后，每天都有上千名群众配合部队进山剿匪，在搜捕中俘匪15名，受降9名，缴枪20余支。

剿匪部队自从实行了军事进剿与政治攻势相结合的办法后，一般匪徒纷纷投降，只有罪大恶极的匪首和惯匪不肯投降。从1950年3月至10月，我四七〇团全团共歼匪1700多人，绝大多数是自新投降者。

号称"狡兔军"的纪老呆匪部被一一瓦解后，他们的头子纪老呆、叶化龙和其他残匪却在我军的大肆围剿中逃到了怀玉山区的玉山古城。

古城镇位于玉山县城北15公里，向北10公里为浙江常山县，西北就是怀玉山区。

1950年11月的一天，我四七〇团二营十连的战士接到古城匪患的消息后，立即秘密从广丰前往玉山。

为了杀土匪们一个措手不及，战士们在黑夜中急行军，连夜赶到了玉山古城。

十连指导员韩志忠和连长魏振忠侦察了一下地形，随即决定：由一排长带两个班沿玉山、常山公路右侧迂回到敌侧后，防敌向常山逃窜；再由一个班直插古城西北竹笕村，防敌钻入怀玉山区；指导员和连长率其余人员直扑古城。

歼敌部署完成后，各个行动队行动起来。直扑古城的战士们很快便被城中的土匪发现，他们立即向我军战士开了火，并大声向其他的人报信说："不好了，解放军来了，大家快逃啊！"

土匪们在哄乱中向镇北山上跑去。

面对逃跑的敌人，韩志忠和魏振忠带着队伍穷追不舍，他们大声地喊道："同志们！冲啊！我们上去抓活的！"

这伙土匪边打边往北撤，我迂回分队从侧后猛插过去，将土匪包围在花底村附近的一个小山包上。

魏振忠指挥机枪手一阵猛打后，接着高喊："你们被包围了，赶快放下武器！我们可以保证你们不死。"

土匪们听到了"不死"的保证，马上停止了射击。他们有的把枪放在地上举起手来，有的立即蹲在地上不再动弹了。

我十连战士乘势冲了上去，将投降的几十名土匪全部活捉了。

战斗从打响到结束仅用了半个小时，之后，我军把投降人员押回了玉山县。

经审问，"狡兔军"匪首纪老呆、叶化龙、郭永槐等也在俘虏之中。

匪首纪老呆、叶化龙、郭永槐等人的覆灭，标志着广丰匪患的平息。从此以后，广丰人民真正过上了太平日子。

肃清赣东匪患

清剿军峰山之战

军山又名军峰山，位于抚州南丰县三溪乡境内，海拔 1760 多米，是赣东群山之首。这里山高林密，地势险要，方圆 100 多平方公里，历来是土匪滋生之地。杀人不眨眼的匪首周富成就以此为据点，祸害乡里。

周富成，军峰山西南麓猢狲村人，年轻时好吃懒做，打架赌博，后来成为南丰、宜黄边境的一大匪霸。

解放前夕，黄镇中成立"豫章山区绥靖司令部"时，周富成被任命为"二十一支队"支队长。当时，周匪的手下拥有 3 个营，600 多人。

1949 年 7 月，我人民解放军第一六一师四八三团一营奉命解放南丰县，周富成带领着自己的 3 个营向军峰山逃去。

让周富成没有想到的是，我四八三团一营两个连的战士跟踪周匪至军山，还没等土匪们缓过气来，就是一阵穷追猛打，把他们打得晕头转向。

土匪队伍迅速土崩瓦解，两天之中，我军击毙周匪 20 多人，俘虏 40 多人，缴获土匪武器 4 挺机枪、2 具火箭筒、1 门六〇炮和 60 多支步枪等。

土匪们见解放军神勇威武，势不可当，纷纷缴械投降。周富成的一支 600 多人的队伍，溃退到军峰山的护国村时，仅剩下 40 多个人了。

周匪喘息未定，解放军的枪声又响起来了。3 天不到，他的最后 40 多个残匪全部被歼灭了。

然而战斗结束后，大家才发现周富成逃之夭夭了。

剿匪部队和地方政府立即对周匪进行搜捕，至 9 月底，部队在南丰市山抓住了他的三姨太李千容。

本来，抓李千容的主要目的是为了抓周富成。可是，剿匪部队将李千容审讯了很多次，她就是不交代周富成的去处。

地方政府认为：必须尽快抓住周富成。因为，周匪是一个极其凶残的匪首，他在这块地方经营了十几年，对这里的一切都非常熟悉；群众还没充分发动起来，群众对他们十分惧怕，一旦给了他们喘息的时间，他们将会很快纠合在一起，进行更加疯狂的破坏。

县、区领导分析，不管周富成过去有多么的"厉害"，但他过去的活动地域都在本县范围之内，主要是在西乡这一带，跑也跑不远。他的三姨太被我们抓住了，这个女人是他众多女人中最受宠爱的一个，他一定很快就会出现。

果然不出所料，10 月 12 日下午，周富成来到区政府投诚。

周富成来降了，区政府将李千容释放，让他们夫妻团聚，并请周富成吃了一顿饭。第二天，政府又把他们送到了县里。县大队苗立柱大队长亲自接待，县委书记、

肃清赣东匪患

县长也先后前去看望，对他愿意站在人民一边表示欢迎，要求他转变立场，为人民立功；并要他告诉仍在各地为匪的部下，马上向政府投诚，政府保证对他们宽大处理；同时也要求他把分散隐藏的枪支弹药全部交出来，以免日后祸害百姓。

对于领导的谈话，周富成说自己深受感动，表示一定要按领导的指示立功赎罪，重新做人。

但是，人们却不知道这是周匪设计的权宜之计。

投诚后的周富成，一方面利用区领导给予他的自由，带着他的小老婆逛街，用以威吓当地群众；另一方面，他又利用写信劝降部属的机会，与外面的土匪暗通声息，进行反革命密谋活动。

区领导很快发现了周富成耍的这些鬼把戏，并决定限制他的自由。

可惜，领导们发现这一危险事情的时候，周富成已经跟他的属下设计好了一场血腥之灾。

1950 年 1 月 29 日，就在周富成假意投诚几个月后，区长张化臣带着几名区干部，在区会场召开群众大会。上午，附近高坑、徐公桥、兔岭等好几个自然村的 100 多名群众，先后赶到会场。

因为天气冷的缘故，会场上年纪大一点的群众都是提着火笼来开会的。

农村开会，多半是"边开边等"，张化臣看着人们已经到得差不多了，便宣布会议开始。他详细地讲解了政府的征粮政策，不时插上一两句本地土话，大家听着感到非常亲切，会场时常响起会意的笑声。

大会正开得热闹之时，突然屋外有人放了一枪。原来是匪首周富成的爪牙周有学在这里搞破坏。

随着这一声枪响，土匪的喊杀声、妇女的尖叫声和群众奔走碰倒板凳的声音响成一片。与此同时，几个匪徒从人群中冲出来，一把将会议领导张化臣紧紧抱住，一个土匪趁机从火笼里抓一把炭灰撒进张化臣的眼里，又随手将火笼朝他头上狠狠砸去。

土匪们威胁张化臣给区里负责软禁周富成的同志写信，要他将周匪放出来。张化臣宁死不从，匪徒们便将张化臣推入了会场外的水塘里。

此时正是枯水季节，河水很浅，匪徒们继而又向张化臣扑了过去。

张化臣竭尽全力，赤手空拳与匪徒搏斗。最后他遍体鳞伤，为革命流尽了最后一滴鲜血。

与此同时，和张化臣一道在会场上的邓加旺、曾柳根两位同志，也在同一时间被这些土匪们乱刀砍死。

噩耗传出后，全县干部、群众悲痛不已。县委书记张贵捕和二区区委书记赵继胜，立即赶到区会场，亲自为烈士善后，安抚受惊的群众，并了解事件发生的经过。

随后，张贵捕又命人将烈士遗体移至市山镇邱家祠，并在这里召开追悼大会。

成千上万的群众带着满腔悲愤参加了追悼会，大家

肃清赣东匪患

强烈要求政府彻底消灭土匪，坚决镇压匪首，为革命烈士报仇。县委领导当即表示，接受群众意见，并且郑重承诺，人民政权决不容许任何人破坏和捣乱，政府不但要剿灭一切土匪，而且还要把军峰山的匪根挖个干净，将百余年来的匪患斩草除根。

经过调查，大量证据证明，区会场惨案完全是周富成一手策划的，主要帮凶是周富成的二老婆揭秉蓉，以及混入革命队伍当了排长的匪徒罗文。主要凶手就是周富成的兄弟周有学等几个土匪骨干。

惨案发生的第二天，南丰人民召开公审大会，审判了周富成。人民法庭根据人民的意愿，将这个血债累累、罪大恶极的土匪头子判处极刑。罪犯揭秉蓉、罗文也先后被捕归案。

杀害张化臣同志的凶手，以及几十个漏网的匪徒，仍隐匿在军峰山中。军峰的青山绿水、绮丽风光，绝不能成为藏污纳垢之地。

2月底，一场声势浩大的清剿军峰山之战开始了。

参加这一行动的，有鲁营长领导的四八三团一营的3个连、县大队苗立柱大队长领导的县大队，还有二区区委书记赵继胜领导的二区区干部，一共数百人。军峰山附近的7个乡、87个自然村全在清剿之列。剿匪指挥部设在市山。

为了有效地歼灭残匪，指挥部又将这7个乡划作4个片，剿匪大军则兵分4路，分片负责。

他们一方面深入发动群众，掀起强大的政治攻势；一方面封锁道路，控制交通，断绝土匪食物来源。用饥饿将匪徒从地下洞穴里赶出来，对于顽抗者，坚决予以歼灭。

指挥部把群众真正地发动起来，是清剿中的一个关键。

逃匪之所以能在山里生存，是因为他们在这里有一个经营多年的关系网，也就是说，有人给这些残匪送吃的、送穿的，使他们不会饿死、冻死；还有人给他们通风报信，使他们能及时逃脱追捕。

指挥部为剪破残匪们编织的这张网，做通了包括匪徒的家属、亲戚、朋友、情妇等人在内的这些人的工作。群众觉悟了，这张网逐渐变成了一块块碎片，一寸寸绳头。匪徒没有藏身之处，自然就会落进人民的法网当中。

这次清剿持续了两个多月。到 1950 年 4 月底，杀害张化臣同志的凶手邹全成等人以及其他逃匪共 20 余人，全部被歼，并受到了军峰山人民的庄严审判。

至此，几百年来匪患不断的军峰山终于恢复了平静。

肃清赣东匪患

追歼逃匪黄金坡

解放初期的赣东土匪，不仅在云山、广丰、军山这样的山上作恶，而且还经常骚扰城市民众，破坏社会秩序，匪首黄金坡就是这样的土匪之一。

黄金坡，号称"建宁一霸"，原是国民党建宁保警大队大队长，解放后上山为匪。在解放军猛烈追剿之下，他逃生无术，曾假意投降，并交了一部分破枪、旧枪。

当时，建宁剿匪部队对他的反动本质缺乏了解，听说他与南丰土匪李彬关系密切，便将他释放，让他去做争取李彬的工作。

黄金坡表面上表示服从政府的指示，实际却借机逃出了政府的视线。不久，他重招旧时残匪 20 余人，以建宁县芦田为依托，经常窜到江西南丰、黎川边沿地区作恶。

该匪熟悉民情、地形，有一定社会基础，虽经我多次搜剿，均未将其捉获。

为了尽快剿灭这股土匪，1950 年 9 月 9 日，四八三团一营三连接受了上级关于歼灭黄金坡股匪的战斗任务。

连部决定，由指导员姚振林、副连长梁凤山带领 2 个排去完成这一艰巨任务。

3 天后，即 9 月 12 日，部队即进驻芦田、董家店、石嘴等地，以武工队形式，配合地方干部开展群众工作，并主动与福建建宁县里心区政府联系，请他们配合我军在芦田一带的搜剿。

由于土匪的欺骗宣传，三连到芦田时，芦田村民除老弱病残和儿童外，多数强壮男女劳力都逃往山中躲藏，使三连遇到很多困难。

在这种情况下，三连严格遵守三大纪律、八项注意，把发动群众放在首位，在当地干部配合下，召开多次群众大会，广泛宣传党的政策和我军的剿匪决心，揭露匪特的罪恶，积极开展助民劳动，使进山躲藏的群众陆续回家。争取到了群众，就有了克服困难的基础和完成任务的条件。

在当地干部和群众的积极配合下，三连从 9 月下旬开始，向山区各个村庄搜剿土匪 30 多次，均未发现黄金坡的踪迹。

有些群众提议说：黄匪已经知道你们到处捉他的消息，他肯定是不敢进村庄的，极有可能是藏在深山的草棚里了。

根据群众的意见，三连又连续搜了十几处深山中的草棚，依然没有他的踪迹。

为了能在今后的搜山工作中有所突破，三连指导员姚振林和副连长梁凤山具体研究了下一步的工作。

姚振林坚信黄金坡残匪仍在芦田这片山区。因为这里既是黄匪的老巢，也是他最后的立足之地。同时，芦

肃清赣东匪患

田的周边地区也都在搜剿残匪，到处都是民兵的武装设防，黄匪一定没有逃出山去。对黄金坡这股土匪而言，再也没有比他在老巢更安全的地方了。

实际上，三连在连续搜寻草棚的过程中，也不时地发现草棚里有人居住过的痕迹，有的地方甚至炉火尚温，证明匪徒刚走不久。

梁凤山说："我的意见是要坚持下去，把芦田搜他个底朝天。黄金坡如果要活命，就离不开芦田，离不开人群，他不能不吃饭呀！"

"对！土匪和我们一样，他也要吃饭呀！"姚振林听了梁凤山的提醒，立即建议在搜山的同时，再在各个高坡上设立观察哨，以方便监视山中的动向。

三连到这里已经待了快3个月，仍然没有收获，姚振林心里虽然有些着急，但依旧充满信心，他坚信自己的判断：黄匪一定藏在芦田。

一天，姚振林和梁凤山照常率领部队进山搜剿，途中忽然碰到两个路人，形迹颇为可疑。一审问，很像是给土匪送信的，但这二人矢口否认，更没有说出有价值的东西。

但姚振林的直觉告诉他，黄金坡可能就在这附近。他一面命令人继续审问，一面注意各观察哨的反应。

正在这时，一个高山观察哨兵前来报告说："发现对面半山腰上有烟火。"

姚振林毫不迟疑，立即指挥部队，分3路包抄冒烟处。战士们行动神速，迅速向目标扑去。

果然不出所料，当解放军到达目的地时，土匪们正准备吃饭。

黄金坡一见解放军，丢下饭碗就命令匪徒们开枪，他边挥舞手枪，边大声叫喊："他妈的，是谁给共军报的信，老子绝不放过他！"

土匪们还没有来得及拿枪，子弹就已经射向他们了。

交火几分钟后，黄金坡自知不是对手，随即拔腿便逃。

其他土匪见到头儿跑了，更是吓得半死，也顾不上抵抗，就各自逃命去了。

"追！"姚振林一声令下，随即身先士卒，带着几名战士，紧跟着黄金坡追去。

黄金坡一边跑，一边转身朝后看。他看到紧跟在后面的我军战士，拿起手枪朝后乱开了几枪。

越过了一座山峰，黄金坡回头一看，我军战士依然紧追不舍。

第三座峰、第四座峰都过去了，解放军不但没停下脚步，似乎离自己越来越近了。黄金坡不禁有点慌张，他气喘吁吁地对身边的副连长彭麻子说："没有关系，他们一定会被我们摆脱的。"

"砰！"后面的战士给了黄金坡一枪。

姚振林在队伍中大声地喊："同志们，大家要加油啊！黄金坡就在前面，一定不能让他跑了！"

肃清赣东匪患

战士们异口同声地说："冲啊！为人民立功的机会到了！"大家抖擞精神，加决了脚步。

黄金坡听了后面战士们的话，跑得更快了。

追过了第八座山，前边已经是第九个山头了。姚振林和战士们都已气喘吁吁，两条腿也越来越重。

"同志们，加油啊！我们跑不动了，他们一样也快跑不动了！"姚振林一边喘气，一边鼓励大家，"我们是人民子弟兵，人民养育了我们，使我们有吃有睡，'养兵千日，用兵一时'，我们一定不能让人民失望！"

听指导员这么一说，刚才还迈不动步的战士，心中一振奋，忽然有劲了，于是又追赶上去。

正如姚振林所料，黄金坡也跑不动了，只见他的身旁已经多了两个土匪搀扶着他一步一步地往前拖着。

战士们的喊声离黄金坡等匪徒越来越近了，子弹不时在黄匪的身边飞过。

扑通！土匪彭麻子"哎呀"一声，中弹倒下。

"站住！缴枪不杀！"战士们大声地喊着。

黄金坡在另一个土匪的拖拉下走着，突然，一颗子弹向黄匪飞了过去，黄金坡哼都没来得及哼一声，便沉沉地栽倒在地。

黄金坡完了，似乎没流多少血。这 9 座山要了他大半条命，那一枪只是轻轻一推，把他推进了地狱。

土匪头子一死，跟在黄金坡身边的另外几个土匪也只好投降了。

铲除"南丰王"

黄金坡股匪覆灭不久，"南丰王"李彬得力的干将郑老柏就带领着 6 名土匪向我驻金坑的剿匪分队投降，他们交出手枪、步枪 7 支。

四八三团一营教导员吴志伟将情况报告给抚州军分区后，又接受了新的任务。

曾政委对吴志伟说："你营已击毙黄金坡，迫降郑老柏，眼下只剩下李彬股匪，你们要乘胜追击，限 1 个月内，全力歼灭李彬股匪。"

吴志伟领受任务后，立即把李彬的情况做了详细的了解，并整理了相关资料，发给营部战士，以供参考。

李彬，出生于一个富裕农民的家庭。1937 年进南昌国民党军官教导团学习。1947 年，他竞选省参议员成功，第二年又当上了国民党南丰县县长，人称"南丰王"。

我军解放南丰时，李彬不敢抵抗，带几百人逃往福建泰宁、建宁山区。经过我军多次追剿，其属下大部被歼，其余或向我缴械投降，或自行散去，最后剩下不足百人。但李彬困兽犹斗，重新组建队伍与人民为敌。

一营接受命令后，在泰宁、建宁加紧了对残匪的清剿。

李彬自知罪孽深重，带着自己的几十名残部东躲西

肃清赣东匪患

藏，当我军在泰宁、建宁地区对他们剿得紧时，他们就窜到江西的南丰、黎川，当我军前往江西进剿时，他们又逃到泰宁、建宁躲避。

一营在不到 20 天内，6 次得到情报，6 次进剿，却 6 次扑空。

李彬匪部变着花样逃走，使一营的指挥员感到非常恼火。随后的一段时间，突然连李彬股匪的消息也没有了，这让一营教导员吴志伟非常焦急。

吴志伟和三连连长贾元富商议，根据判断，李彬匪部现在至少还有一二十人，这么一支队伍，他们是不可能躲过闽赣两省剿匪部队铁桶似的包围的。吴、贾二人一致认为，李彬一定还在闽赣边境！

为此，他们下令侦察排继续仔细、深入地搜索，不要放过任何蛛丝马迹。

李彬的老家傅坊乡，是 5 天一个集日。过去每次集日，当地山上的菇农们都要下山采购生活用品，但数量少，品种单一。可是自从李彬股匪神秘失踪后，侦察排忽然发现，菇农们变得多起来了，他们买的东西不仅数量大增，而且品种也多了。一次、两次倒也罢了，可每个集日都是如此，就不能不叫人生疑了。

侦察排经过多次周密侦察，终于探明李彬一伙藏在距傅坊十几公里的牛牯岭附近。这个地方杂草丛生，树木茂密，地形隐蔽，人迹罕至。土匪藏在这个地方，其生活用品，可以靠菇农代为采购，非常方便。

很快，在当地群众的带领下，部队一个侦察员化装成农民，潜到牛牯岭实地侦察，将李彬股匪所住棚屋的位置及其周围的环境，都摸得一清二楚。吴志伟和营部其他领导迅速定下了具体的作战方案。

教导员吴志伟和三连连长率领全连战士，沿着一条山道快步前进，直奔牛牯岭而去。副班长宗德玉带一个小组走在队伍最前面。

牛牯岭山高入云，小道又陡又险，十分难行。战士们到达李彬股匪的住所时，已是晚上了。

在连长的指挥下，战士们迅速包围了土匪的住处。同时，在所有道路的路口都设置岗哨，以防止匪徒潜逃。接着，又悄悄地占领了棚屋周围 20 米范围内的有利地形。在部队做好一切布置之后，敌人一点都没有察觉。

此时已经是 21 时了，屋里的几个土匪正在玩纸牌，而屋顶放哨的土匪却正在打瞌睡。

"砰！"吴志伟对天放了一枪，大声地对棚屋的土匪喊道："李彬，你们已经被包围了，赶快出来投降吧！"

"放下武器，缴枪不杀！"其他战士也大声地喊着。

战士们响亮的喊话声，把匪徒们吓得半死，屋里的灯骤然熄灭，责骂声、埋怨声以及慌忙的摸枪声，乱作一团。

一会儿，匪徒们从慌忙中缓了过来，步枪、卡宾枪、冲锋枪和机关枪一齐朝外射击，密集的子弹雨点般横飞而来，打得树枝、树叶纷纷下落。

战士们一边回击，一边继续进行政策攻心，把喊话

肃清赣东匪患

重点放在了一般匪徒身上。吴志伟大声地说："屋里的人听着，只要你们放下武器，我们保证不杀你们，抵抗下去只有死路一条！"

土匪们仍在顽抗，我军的一位战士在枪战中不幸被敌人打伤。

吴志伟见政治攻击没有效果，便命令部下说："同志们！给我打！给他们点颜色看看！"

"砰砰砰，啪啪啪！"牛牯岭立即枪声大作。

神枪手"啪"的一枪，打中了一名匪机枪手，就像是一声令下，不但机枪戛然而止，其他的武器也停止了射击。

我军战士一拥而上，匪徒们有的四散逃命，有的举手投降，没有一人继续抵抗。那个被我战士打伤额头的机枪手，原来是个女人。俘虏们说，她就是李彬的老婆刘细梅。

可是，他们的头子李彬呢？他又去了哪里？

经过俘虏的提醒，宗德玉看见光着脚的李彬一手挟一个孩子，朝外逃去，他立即追了过去。

这是一条在芭茅与荆棘掩蔽下的小路，一般情况下附近的人根本就发现不了。当李彬刚接近路口时，他发现解放军已埋伏在道路两旁。于是，他又赶紧转身向另一条岔路跑去，才走几步，他又看见一个陡坎挡住了去路，陡坎下是个约5米深的悬崖。

李彬回头看了看紧跟在他后面的宗德玉，他紧了紧双臂，将孩子挟稳，不顾一切地跳了下去。

可能因为他太过慌张，又怕伤着孩子，只听他"呀"的一声，扭伤了脚踝。当他挣扎着想爬起来时，宗德玉也跳下来了，并立即用枪顶住了他的脑袋，严厉地命令道："放下武器！再跑打死你！"

"别开枪，我投降！"李彬垂头丧气地说着，将孩子放了下来，举起了他的双手。

因为他的脚踝受了伤，李彬几乎是标准的双膝跪地式投降，而且是"长跪不起"。

在李彬居住的棚屋里，剿匪部队缴获了40多支冲锋枪，2挺机枪，还缴到45公斤腊肉、400多公斤食盐和1.5公斤鸦片。显然，李彬是做了"长期"打算的，但让他没想到的是自己这么快就做了俘虏。

此次围剿，我军打伤土匪10人，俘虏30多人，李彬匪部全部被歼。

肃清赣东匪患

清晨进香的侦察股长

就在"南丰王"李彬匪部被歼灭 1 个月后,一个以佛门为掩护的宜黄县土匪头子吴勋民也在福建宁化被俘。

吴勋民,宜黄县人,是赣东的重要匪首之一。他从 21 岁起,就为国民党反动政权效力,先后担任"铲共义勇队队长"、保安团分队长、中队长、大队长和副团长等职,并一路"青云直上",直到 1949 年初,他已当上了国民党宜黄县党部书记。期间,他杀害了许多革命干部和群众,欠下了累累血债。

吴勋民的手中有 9 个连,每个连有 60~100 人,有 1000 多支枪。1949 年 5 月,"豫章山区绥靖司令部"成立时,吴勋民也被收入黄镇中门下,被任命为"第八总队总队长"。他搞来许多国民党发行的"银圆券",以等量"银圆券"抵等量银圆的价格,强行卖给百姓,致使许多人倾家荡产,妻离子散。

同年 7 月,我抚州军分区司令员夏新民,带了四八三团 1 个连到宜黄,会同公安局的干部,争取吴勋民投诚。但吴勋民不仅不从,还狂妄地说:"我有枪就有饭吃,怕什么呢?"

针对这种情况,我军只好以武力解决吴勋民。吴勋民带着一批匪徒逃到了新丰乡,将自己的大部队两个连的兵力留在了宁都、乐安交界的白竹乡和黄陂乡。

　　抚州军分区无法抽出相当的力量来剿灭白竹乡和黄陂乡的这些顽匪，新成立的县委便决定利用政治攻势，分化瓦解他的部下。

　　吴勋民的两个连长均姓邓。其中有一个叫邓炳仪的连长，与当地开明人士邓希绍有些亲戚关系。

　　宜黄县公安局长王宝琪找到邓希绍，要他到白竹乡去争取吴勋民的这两个连的投诚工作。

　　邓希绍和同事邹敬祖等一行人到白竹乡找到邓炳仪，说明来意。邓炳仪见国民党大势已去，吴勋民也逃往了新丰，便同意了邓希绍的要求，并带领着部下交出了手上的枪支弹药。

　　为了早日完全瓦解吴勋民匪部的力量，邓希绍又让邓炳仪为其带路来到了驻黄陂乡的那个连。在邓希绍和邓炳仪的劝说下，这个连的土匪们也放下了武器。

　　两个连的先后投降，使躲在新丰的吴勋民气急败坏。但是，不等他缓过气来，我四八三团两个连的战士们便又秘密地来到了新丰乡。

　　吴勋民不敢与我军交战，一和我军交火便急忙向山区溃逃。他原想朝他的上司黄镇中处靠拢，可到达宁都附近时，才知道黄镇中早已被我军困在翠微峰，自身不保。于是，吴立即转身，率部准备逃往福建。

　　在逃往福建的路上，吴勋民匪部再次与我军追击部队交上了火。此战，我军打死土匪 10 人，俘虏 60 多人，

肃清赣东匪患

缴枪 100 多支。

吴勋民好不容易才保留下来的 300 多人，一下又损失了近三分之一，他收拾残部，来到了福建。

1950 年 2 月 20 日，为躲避解放军的追剿，吴勋民将土匪分散为 3 股：一股交由手下廖仅带领，驻双坑；另两个中队驻廖家宁；吴勋民自领第三中队，驻扎于峰上。

两天后，我人民解放军在追剿资溪暴徒时，顺便消灭了吴勋民的另两股土匪。吴勋民只剩下亲自管理的第三中队，仅有 70 多人。

解放军尾追而来，吴勋民只好又带着残部从峰上逃至焦坑，后来又窜到贤河。几天后，吴勋民突然失去了踪迹。

1950 年底，全省的剿匪工作取得了重大的胜利，许多匪首纷纷落网，大规模的搜剿行动也已告一段落，但依然没有匪首吴勋民的消息。

宜黄县委责成公安局立即采取有效措施，尽快抓捕吴勋民归案。

1951 年初，宜黄县公安局长王宝琪，从一些在福建被俘的土匪那里了解到，吴勋民极有可能还在福建宁化一带。因为那里高山绵延，林深似海，在那里隐藏几个人，是非常难找到的。

根据俘匪提供的情况，王宝琪分析，吴勋民要活命就离不开群众，只要他与群众有接触，他就一定能够"浮出水面"。王宝琪将前往福建宁化捉拿吴匪的任务交给了侦察股长王九凤。

王九凤领命后，立即带了两个人一起去，他们一个叫邹群，另一个叫许天佑。

许天佑解放前夕被吴勋民强加罪名关进了大牢。王宝琪出任局长后，将他从牢中放出。他对共产党非常感激，一直想找个机会"感恩"。这次要他同去抓捕吴勋民，是因为他非常熟悉吴勋民，了解他的习惯与个性，对寻找和抓捕吴匪非常有利。

王股长一行3人直奔宁化，在当地公安部门的配合下，他们爬遍了那里的深山大壑，钻遍了那里的千年老林，终于发现了在一个高峰之上隐约可见的一座旧庙。

他们探访了旧庙附近的村镇，了解到最近庙里来了几个和尚，因为庙里的和尚下山买东西来得勤了，东西也买得更多了。

王九凤对同伴们说："吴勋民很可能就藏在旧庙里。从庙里食品增加的数量看，他们大概有3到5人。"

许天佑有点迫不及待，说："他们只有3到5人，我们也有3个人，应该可以对付他们，我们明天就去，免得夜长梦多。"

王九凤说："其实，从以前来看，穷途末路的土匪去当和尚，是常有的事，但如果那几个人不是吴勋民等人的话，我们这样去就会打草惊蛇。所以，我们如果要打，就要一击而中，一举成擒，不能让一人逃脱。"

邹群说："我同意老王的意见。我们应该先去庙里看看，弄清虚实，把寺庙周围的环境摸清楚，这样打起来就更有把握。"

他们认为这样最好，可是到底该派谁去打探情况呢？如果他们一起去的话肯定会引起敌人怀疑的。王九凤提议自己去最为合适，因为吴勋民认识许天佑，而邹群呢，又不认识吴勋民。王九凤虽然也没见过吴勋民，但他跟吴匪的手下多次谈过话，对其的长相容貌略知一二。

第二天，王九凤化装成到庙里进香的农民，向寺庙走去。他在路上又遇到一位去进香的农村的老婆婆，于是便与她结伴同行。

老婆婆告诉王九凤，解放前这里有五六个和尚，土改时把庙里的田分了，和尚就走了，现在只有两个老和尚，一个做住持，一个烧饭打杂，都五六十岁了。

他走进庙里一看，庙不大，佛像也很破旧，大殿里只有一个老和尚有气无力地敲着木鱼。

参拜完大殿的如来佛，老婆婆告诉王九凤说后面还有观音菩萨，一起前去烧香。这正合了王九凤的意愿，他便扶着老人家往后殿走去。

他们刚走到旁门前，就有一个年轻和尚从里面走出来。这个和尚看了二人一眼，拦住了他们的去路说："施主请慢，我们方丈正在念经，外人不能打扰，请施主以后再来。"

老婆婆嘟囔了一句说："这是哪里来的规矩？我年年都来你们这里上香，都要把这里的菩萨拜完才回去的，怎么今天就不行呢？"

老婆婆说完，从里面又出来一个中年和尚，对那个年轻和尚说："师弟，施主诚心敬佛，就让他们进来吧！"

王九凤听此人的口音和外地人一样，再看这人走路的架势，一看就知道是当兵的出身。

王九凤和老婆婆一起烧完香，便扶着她出来。

与此同时，王九凤又暗扫了一眼"和尚们"的厢房，只见里面的桌子上放着两个茶碗，碗里正冒着腾腾热气。

出了大门，王九凤又以小便为由，转到庙后看了一下，确定寺庙后面的出口是一个后门。

王九凤回来和大家一分析，认为那个中年和尚就是吴勋民的第二大队队长许斌，而年轻和尚则是吴勋民的贴身卫士。里面除吴勋民外，最多还有一两个人。

情况了解清楚了，他们就该行动了。

第二天一早，他们又请上了几个当地公安干警协同抓捕，让干警们负责将寺庙包围，不让一个匪徒外逃。他们则仍化装为农民，负责冲进庙中，擒拿土匪。

他们到达寺庙时，庙门还没开。当地干警立即散开，将前后门堵死。然后由邹群敲门，说是家里有人得了急症，要请方丈去看病。

庙门刚开了一条缝，邹群便破门而入，王股长和老许紧跟而上。开门的是个年轻的和尚，一见来人不请自进，知道来者不善，于是转身便跑，并立即拔出枪打来。

王九凤等早有准备，往旁边一闪，子弹"嗖"的一

声从他的耳边擦过。王九凤抬手回击了那和尚一枪，和尚应声倒在地上。他们随即冲进后面厢房，并大声向屋里的人喊道："放下武器，缴枪不杀!"几个准备顽抗的匪徒，慌忙放下手中的枪，乖乖做了俘虏。

不出人们所料，那中年和尚正是许斌，年轻和尚也正是吴勋民的贴身卫士，老和尚则是吴勋民。

但是，让王九凤等没想到的是，寺庙中还有一个不到 16 岁的小和尚，而此人竟是吴勋民的儿子。

这一天正好是 1951 年 2 月 14 日。

被俘之后，吴勋民恳求政府原谅他的儿子，说他的孩子仅仅 16 岁，不能算是土匪。

然而，当王九凤等人前去抓捕他们的时候，吴勋民这个年仅 16 岁的儿子手里正握着一支装满子弹的手枪。

这个孩子算不算土匪的事，不是王九凤等人说了算的，等待吴勋民和他儿子的，将是新中国法律的制裁。

民兵中队长徒手擒匪首

剿灭土匪，少不了是要动刀动枪的，特别是捉拿土匪头子，常常更是要大干一场。但是，我崇仁民兵抓捕匪首汪澜的时候，既没有用刀，也没有用枪，那么他们是怎样把这个匪首抓到的呢？

汪澜，抚州崇仁县人，既是反动组织"崇正社"的总头目，也是国民党崇仁县旧部"保警队"队长。解放前夕，他接受大匪首黄镇中的任命，当上了"第二十三支队"队长。长期以来，汪澜残杀百姓几十人，掠夺人民财产无数。

1949 年 7 月，赣东数县相继解放，而乐安、南丰、广昌等县尚在敌人手中，土匪活动十分猖獗。

9 月，我四八三团三营的战士接到了剿灭汪匪的任务，立即开赴崇仁，将汪匪打了个落花流水。

汪匪一击而溃，23 人当了俘虏，25 人缴械投降。汪澜自己则带了一队残兵逃往福建邵武山区，与其"第八总队队长"吴勋民会合。

尽管汪澜遭到惨败，但他仍贼心不死，一方面与匪特勾结，继续其反人民的活动；另一方面派其爪牙回到县里，秘密组织人员，到处造谣生事，企图进行暴乱活动。

肃清赣东匪患

1951 年春，崇仁大桥乡开始土改。汪澜教唆他的喽啰们暗中破坏，并声称：汪澜迟早还要回来，大家凡事要为自己"多留后路"，以免遭到"报复"。

汪匪的造谣生事使部分群众顾虑重重，严重影响了土改进程，大多数贫下中农强烈要求捉回汪澜，讨还血债。

面对这种情况，土改工作队决定，根据群众的意见，派民兵前往福建捉拿汪澜归案。

受命完成这个任务的有：民兵中队长许辉、大桥乡第一任村长许广龙，还有一个民兵叫许国祥。临行前，3人前往负责剿匪工作的抚州军分区，见到了分区司令员夏新民。

夏新民一见到他们就问："我看你们都没有带枪，你们这么空着手去抓土匪，能抓到吗？"

许辉回答说："夏司令，我们几人就是来找你要枪的，你看，你能发几支枪给我们吗？"

夏新民笑了笑，并不打算给他们枪支，劝他们先回去，说这件事需要另行安排，叫他们不要自己行动。

此时，尽管别的乡村的民兵都有枪支，但因为崇仁地区解放晚，枪支紧缺，所以大桥乡民兵们都还没有发放枪支。他们站岗、放哨、看守地主，用的只是梭镖、木棒等工具。

通过和夏新民的谈话，他们了解到夏司令是不主张民兵们空手去抓汪澜的，这倒令他们犯了难。

许辉等将夏新民的意见向土改工作队作了汇报。工作队研究之后，认为夏司令说得很有道理，空着一双手去抓有武器的土匪是有危险的。

但是，汪澜的民愤太大了，群众要求十分强烈，不抓回汪澜，必将影响土改的深入开展。

根据已经掌握的情况分析，工作队的同志们认为：汪澜只身在逃，以三对一，应该是没有问题的。但如果汪澜真要开枪拒捕的话，也是非常危险的。

为了解决这一可能出现的情况，大家又作了反复商量，以求万无一失。最后一致认为：一旦发现目标，先不要打草惊蛇，然后再采取近距离突然袭击的方法，迅速制服对手。为此，工作队的同志们维持原先的决定：由许辉带民兵去把汪澜抓回来。

许辉等人带着乡亲的重托和领导的信任，随即前往福建。

他们最先去了光泽一带，因为土改工作队的同志曾听说有人在那里看到过汪匪的部下，可他们在那里找了好几天，却没有一点线索。

在寻找中，他们从当地人的口中打听到邵武山区有一些说话有江西口音的人，他们又立即转身去了邵武。

他们在邵武碰到了在汪澜手下当过土匪的许氏两兄弟。这两人在解放前一直跟随汪澜，干了不少坏事。

许氏两兄弟见他们都没有带枪，满不在乎地说："你们是来抓我们的吧？可你们怎么什么也不带呢？"

肃清赣东匪患

许辉说:"我们是来抓汪澜的。你们知道他在哪里吗?"

许氏老二说:"就是知道,我们也不告诉你!"

许辉说:"如果这样,你们就得跟我们回去。你们在家乡犯了案,我们有理由抓你们回去问罪。"

许氏老大说:"哼!就凭你们?"说完他神秘地向四周一看:"你们知道吗,这周围都有我们的人,要是真打起来,吃亏的只能是你们。"说着,他又掏出一些钱交给许辉,说:"这点钱就给几位拿去买几条烟抽。你们就算没有见过我们,我们不会找你们麻烦的。"

许辉要他们将钱放好,接着便对他们说,像你们兄弟这样的小土匪,政府会宽大处理的,只要现在回去了,你们还可以和大家一样分一份土地。

但许辉的劝说对他们兄弟并不管用。许氏老大说:"好了,现在我们还有事先走了,就不和你们说了。"

许辉自知此时不能抓住他们,便问他们要去哪里。

许氏老大说:"我们到麻石有点事。"

许辉立即说要与他们同行,许氏老二却恶狠狠地对他们说:"那你们走前面,我们不是很着急。"

许辉等人走在前面,许氏兄弟远远地跟在后面。

走了三四里地,在一个路口上,一个当地的区干部拦住了许辉一行的去路。

他见许辉等是外乡人,便盘问他们说:"我是这里的区干部。请问你们是哪里来的?到这里干什么来了?"

许辉拿出自己的介绍信给对方看,接着说:"我们是从江西崇仁来的，到这里来抓捕逃亡的土匪。现在，我们的后面正好有两个土匪，请你协助我们把他们抓住。"

区干部表示非常愿意帮忙，并说："只要是土匪，我们就一定不能让他们逃脱。"说着，他立即叫人调来了20多个民兵，埋伏在大路两边。当后面的许氏兄弟经过时，民兵们一拥而上，一下就把他们抓住了。

许辉等人感谢过区干部和民兵同志后，押上二匪便踏上了回江西的道路。

他们在途中碰到一位押运木材去江西上饶的解放军连长，许辉向连长说明来意，连长当即答应了他们搭车的请求。

在福建通往江西的路上，许辉等人又遇见了两个逃亡的地主，在解放军的帮助下，三人又将这两个地主捉住，一起押回江西。

解放军的车到达上饶，许辉等人又在上饶改乘火车去温家圳，一路上都很顺利。但当他们在温家圳转乘回崇仁的汽车时，许氏兄弟却趁机逃脱了。

许辉他们回到大桥乡，带回了在路上抓到的两个地主，并将许氏兄弟逃跑的事情告诉了工作队。

工作队领导非常满意他们的表现，认为他们作为几个没有武器的民兵能够这样主动出击，已经很不错了。

但他们却不能原谅自己，特别是作为民兵队长的许辉，更是自责不已。他对工作队陆部长说："我们这次没有完成任务，真是太不应该了。花了这么多时间，汪澜

肃清赣东匪患

也没有抓到，逃犯还跑掉了两个，不过，请领导放心，下次我们一定要把汪澜抓回来！"

不久，根据群众的报告，许辉带着民兵，将半路逃跑的许氏兄弟逮捕归案。但这两个土匪非常顽固，他们仍然不肯吐露汪澜的下落，这使许辉很失望。

时间又过去半个月了，各个乡村都在追捕逃亡的地主、恶霸。许辉只要听说哪个乡村抓了逃犯回来，便去打听可否有汪澜的消息。

真是有志者事竟成。这年刚过完春节，许辉从被抓回的一个逃犯口中得知此人在广昌发现过汪澜的部属许裕生。

许辉向逃犯问清了许裕生的确切住址，并将这一情况向土改工作队作了汇报。

陆部长表扬了许辉，并同意他再次带民兵前去广昌抓捕汪澜。

有了上次的经验，许辉这回要谨慎得多，他的计划也更为周密了。他们到达广昌后，当晚就直扑土匪许裕生的住处，而且逮了个正着。

经过大半夜的审问，许裕生终于说出了汪澜的躲藏之处。不等这个消息外传，次日凌晨，许辉便押着许裕生前往福建邵武。

许辉向许裕生问清了汪澜经常出没之处，让另外两个民兵将许裕生带回住处控制起来，避免消息外泄。然后，他自己则一人前往集市，装作买东西的样子，在人群中寻找目标。

他在市场上走了几个来回，猛然发现在市场的一个角落里有一个 50 多岁的卖东西的老头，相貌颇为面熟。仔细一看，此人不正是汪澜吗？

许辉在这个老头的面前蹲下身来一面问价，一面再仔细打量，以免认错了人："你这个是怎么卖的？"

卖东西的老头一回答，让许辉确认这家伙就是汪澜无疑，因为此人说的一口崇仁话立即将他出卖了。

许辉以一个迅雷不及掩耳的动作，将汪澜双手反剪在背后，然后腾出左手，在其腰间一搜，检查汪匪有无携带武器，最后才说："汪澜，可算让我找到你了，走！"

老头吃了一惊，大声地辩解说："哦！不对，你搞错了，我不是汪澜，我是王先生。"

许辉说着，押起汪澜就走："你不认识我，我可认识你呀，汪队长，快走吧！"

汪澜还想脱身，他大叫着："喂！你是谁呀？你抓错人了知道吗？我不是汪澜，我是……"

许辉虽然没带武器，但他那双手就像一对铁钳一样，任凭汪澜怎么挣扎，也无法挣脱，只好乖乖地跟着他走了。

一路上，汪澜的身子动弹不得，嘴巴却没有停，他一口咬定自己是"王先生"，直到进了许辉他们下榻的饭店，见到了他的部下许裕生，这才两眼一瞪，无话可说了。

1951 年 4 月，经人民法庭公开审判，汪澜这个崇仁县最大的恶霸、罪大恶极的土匪头目，终于受到了最严厉的制裁。

肃清赣东匪患

剿灭"三张"家族土匪

　　解放初期，在位于抚州西南的乐安县，民愤最大的土匪头目是人称"三张"的家族土匪张耀清、张亮远、张国华。他们实际上是三叔侄：张亮远是叔叔，张耀清、张国华为叔伯兄弟，都是张亮远的侄子。正是因为他们之间的这种家族关系，才把他们称为家族土匪。

　　乐安县城是 1949 年 9 月解放的。9 月上旬先解放南村，并于 9 月 16 日在南村成立中共乐安县委和乐安县人民政府。9 月 23 日，我四八三团三营九连奉命进驻大金竹，剿灭这里的土匪。

　　但由于大金竹高山绵延，沟壑纵横，地形极为复杂，而且刚刚解放，群众还没有充分发动起来，部队在短期内，并没有将"三张"抓获。到了冬天，乐安县委、县政府和驻县剿匪部队、公安干警对剿匪工作进行了深入研究和重新部署，决定一方面对"三张"可能藏身之处实施监控，封锁交通要道和边远村寨，断其粮食，一有露头，即予歼灭。另一方面，又动员其家属、亲友，劝说"三张"弃暗投明。

　　与此同时，政府又以剿匪部队名义给"三张"写信，对他们讲政策，晓以利害，促其投降。

　　不久，隆冬到了，北风呼啸，天寒地冻，冰封雪盖，山上的土匪走投无路，不得不下山投降。几天之内，"三张"损失了两成兵力。年底，匪首张耀清逃往徐庄，被我们埋伏在白石岗的剿匪部队抓获。

剿匪部领导对他教育后随即予以释放，要他回去后立即解散股匪。但这个家伙顽固不化，回山后继续为匪。第二年1月，张耀清潜下山来，向南昌逃窜，途中即被剿匪部队逮住。

为了扩大战果，争取更多的匪徒投降，剿匪指挥部决定，仍不逮捕张耀清。并由四八三团三营营长杨定学亲自与张耀清谈话，要他回去规劝其他土匪投降，立功赎罪，重新做人。

第二天，张耀清又被释放了，这次的释放使"三张"总算有了一定的收敛。他们于2月10日晚，冒着寒风，带着剩下的残匪和1挺机枪、2支手枪、105支步枪，以及其他军用物资，下山向政府投降。

人民政府对他们进行教育后，按当时的规定发给路费，释放回家。乐安匪患总算平息了下来。

然而，"三张"匪性不改，总想夺回他们失去的天下，外面一有风吹草动，便萌生反叛的恶念。几个月后，朝鲜战争爆发，一些反革命分子以为时机已到，像蛰伏的毒蛇一样从地底下钻了出来。在国民党阵营混迹多年的张国华，鼓动张亮远和张耀清，纠集土匪旧部和各类反动分子，重新拉起土匪队伍，决心继续与人民为敌。

"三张"再次为匪，我剿匪部队、公安干警和全县民

肃清赣东匪患

兵，随即展开搜剿活动。

由于大金竹地处三县接合部，匪徒利用这里复杂的地理环境，与追剿队伍周旋。追剿队伍到乐安，他们逃往永丰；追剿队伍到永丰，他们窜到宁都；三县联合会剿，他们又跳出包围圈躲进偏僻深山。

但这些匪徒毕竟是在逃窜中过日子，除了欺侮百姓，与我军作战时他们并无还手之力。只要有接触，他们就有人被打死、打伤，或者成为俘虏。这样转来转去转了一年多，到 1951 年年底时，"三张"手下的匪徒们几乎全部被歼，"三张"基本上是"光杆"了。

这年冬天，剿匪部队接到一个重要情报："三张"正藏匿在永丰与吉水边界一带。而且据群众反映：在乌江上游有人砍了不少竹子，扎了很多个竹排，好像要放排到吉水去卖。

指挥部分析，有可能是"三张"派人来砍的，目的是筹措经费，打算外逃。

在进一步侦察之后，证实的确是张耀清所为。但张耀清不在此地，追剿队伍也就无法动手。为了不打草惊蛇，驻县剿匪部队四八三团三营九连决定，悄悄跟踪这些竹排，找到目标，再打他个迅雷不及掩耳。

整个计划由九连连长张先平执行。他们首先在严田村砍了一批毛竹，做成 7 个竹排，然后请来思想进步的贫农青年小王，负责竹排的放运，跟在敌人的竹排后面。

战士全部身穿便衣，化装成老百姓，随竹排面行。他们乘坐的竹排与土匪的竹排时远时近，始终保持一定的距离。

这个地区山峦起伏，人烟稀少，地处偏僻，道路崎岖。部队从驻地出发，到目的地吉水有100多公里路程。

正值隆冬时节，天气寒冷，这一路上更是难走。但战士们克服了一切困难，终于来到了吉水竹排码头。到达目的地后，张连长决定先仔细摸清张耀清的藏身之处。

经过一番调查，战士们发现张耀清藏在一条船上。连长张先平一马当先跑了过去，张耀清还不明白是怎么回事，就被张连长扭住了胳膊。

这家伙还以为是当地民兵查户口，忙说："我是正当的生意人，请不要误会。"

张先平问道："你是张耀清吗？"

张耀清结结巴巴，前言不搭后语地说："是，我是……这是怎么回事？"

张先平对战士一挥手说："押走！"

经审讯，张耀清承认，他的确是在为逃跑筹措路费。他说，第三次世界大战就要打起来了，台湾非常重视大陆的"游击队"，并说，自己已经联系好了特务肖炳荣，可以与台湾取得联系。

不久后，协助部队擒获张耀清的群众小王报名参加了解放军，并调到省委警卫排担负保卫省委机关的重任。

有一天，他发现一个送牛奶的"工人"非常眼熟，仔细一看，很像乐安那个伪保警队长肖炳荣。但小王也很久没见过此人了，而且因发型、着装的不同，小王又

肃清赣东匪患

不能确定此人就是肖炳荣。于是他立即报告给了领导。

一个可疑人物每日都大摇大摆地出入省委大院，不是一件小事。警卫排非常重视，当即决定于次日安排一个机会，让小王从语言、声调、动作多方面进行辨认。

这个送牛奶的人准时来送奶时，一个战士即上前与之搭话。送牛奶的一开口，正在室内观察的小王，看得清楚，听得分明，确认此人就是肖炳荣。

警卫排当即将其逮捕。一审问，才知道这家伙早已是一个特务，并且在牛奶场里隐藏了一个特务机关。小王再次为剿匪立了功。

不久，张耀清被押回乐安。乐安县政府在县城召开公审大会，根据国家镇压反革命条例和人民群众的强烈要求，判处张耀清以极刑。

张耀清伏法之后，"三张"剩下"二张"，部下土匪除被剿匪部队打死、打伤的外，早已纷纷散去，最后只留下张亮远、张国华到处逃窜。

1958 年夏，当地政府机关调动部队和民兵，组织永丰、乐安和宁都县联合清剿指挥部，围歼最后的顽匪，终于将"二张"之一张亮远击毙在大坑山区。

而"三张"中唯一没有落入人民法网的张国华，也在 1960 年 10 月 6 日这天，被农民自制的打野猪的猎枪击中，死于非命。

张国华的死，代表赣北最后一个匪首的灭亡。至此，赣北地区武装土匪全部被消灭。

三、 围歼赣南残匪

- ●李立书记激动地说："井冈山的乌云被毛主席拨开了……"

- ●战士们一边冲一边大喊："放下武器，缴枪不杀！"

- ●看见土匪进入了包围圈，陈永顺大声地下令："给我狠狠地打！"

活捉恶魔肖家璧

1949 年 11 月 11 日，我驻守赣南剿匪部队在遂川县城水南河岸边上的遂川中学大操场上，召开万人大会，公审处决杀人魔王肖家璧。

吉安全区各县都有人来参加，广场上人山人海。来自湘赣边区各县的群众，有的带着干粮翻山越岭赶来，有的扛着多年来保存下来的红旗和梭镖、大刀赶来，各地汇集而来的人群把公审会场围了个严严实实。

10 时，地委书记李立走上会场主席台大声宣布：公审大会开始。

接着，他激动地说："井冈山的太阳从红军北上抗日后，就被乌云遮住了，现在，乌云被毛主席拨开了，我们在毛主席的阳光下，又站起来了……"

会场上立即响起了热烈的掌声。

审判肖家璧的时刻到了，当解放军战士把肖匪押上审判台时，会场上群情激愤，纷纷声讨肖家璧。

肖家璧，又名肖圭如，遂川县大坑乡九田村人，是遂用县最大的地主恶霸。他与永新的尹道一、井冈山的肖根光、郧县的贾少提并称为井冈山区"四大屠夫"。

肖家璧为人狡猾，曾任大坑乡保卫团团总、清党委员会主席、县参议长、"井冈山绥靖区遂川反共第一纵队"少将司令等职。

1927年10月，毛泽东率领工农革命军进军井冈山途经遂川大汾，曾遭到以肖家璧为团总的遂川靖卫团300多匪徒的突然袭击，70余名革命战士壮烈牺牲。

1928年1月，毛泽东在遂川大坑与肖家璧曾打过一仗，工农革命军一举歼灭了靖卫团大部匪兵。

此后，不甘失败的肖家璧再次扩充靖卫团，并更加疯狂地袭扰红军和游击队。

1929年1月底，井冈山革命根据地第三次反"围剿"失利后，肖家璧占据了井冈山。他丧心病狂地将大小五井、茅坪、茨坪等毛泽东和红军战斗过的地方列为"重点血洗区"。

据不完全统计，仅被肖家璧残杀的红军战士、革命干部和群众就达2000人，烧毁房屋也达5000余栋。井冈山人民提起肖家璧都痛恨地称他为"肖屠夫"、"阎罗王"。

1949年8月2日，人民解放军二野第四兵团部队一举解放了遂川城，将红旗重新插上了井冈山。肖家璧虽然知道国民党大势已去，但他仍借遂川山区复杂的地形和天险，与解放军周旋，负隅顽抗。

为了彻底迅速消灭肖家璧，保卫新生的人民政权，9月18日，赣西南军区派四十八军一四二师第四二五团从赣州进驻遂川，清剿肖家璧股匪。

四二五团在团长王星的率领下到达遂川后，立即成

围歼赣南残匪

立指挥部，绘制地图，翻拍了肖家璧的照片，发给各战斗组织。

但是，肖家璧十分狡猾，我军进剿时，他不是集中兵力与我对抗，而是分散兵力，利用井冈山山高、坡陡、沟深、草茂、林密和他们熟悉的地形与我军周旋。

为了不暴露隐藏地点，他平时只带两名亲信，隐藏在人迹罕至的地方。

针对这些情况，指挥部决定，首先深入开展群众工作，提高群众的觉悟；另外，派出一个侦察组由组长钟海东带领，深入周围了解情况。

27日，湖坑的一个老乡跑来指挥部报告说肖家璧在湖坑。遂川县公安局经过周密的侦查，证实肖家璧确实隐藏在湖坑。于是剿匪指挥部根据情报制订了行动计划。

湖坑位于遂川、宁冈两县交界处的黄坳村附近，处在大山之中，山高林密，道路崎岖。

指挥部决定，由四二五团团长王星亲自率部火速赶往湖坑，封锁四周道路进行合围搜索。

指战员们赶到目的地后，爬到山顶，自上而下仔细搜索，不放过一处草丛和山洞。

第二天早上，一营二连九班搜索到湖坑西山时，副班长赵文珍突然发现一个黑东西正在朱屋背后的山坡上爬行，当即大喝一声："谁在那里？"

对方慌乱地往山下草丛滚去。

赵文珍忙朝天鸣枪，他率领的搜索小组赶紧围了过来。因为明确任务是要抓活的，所以赵文珍又朝黑影滚落的地方打了一枪，使其不敢乱跑。

这一枪真灵，那个家伙不敢动了。

赵文珍不顾一切地顺着山势向草丛滚去，从1米多深的草丛中，一把抓住了这个家伙。

战士们正掏出肖家璧的相片来辨认，侦察组组长钟海东赶来了，他一看就说："不用对了，他就是肖家璧！"

活捉肖家璧后，肖匪的"第一纵队"随即群匪无首，很快土崩瓦解，其他股匪也都受到了极大的震慑。剿匪部队夜以继日地在深山里搜剿，王子华、王承基、李在杰等匪首纷纷落网，不少土匪携枪投降。

到12月底，井冈山地区只剩下零散潜匪80余人，成股土匪被歼，全区搜剿土匪斗争基本结束。

11月11日，遂川县政府召开群众大会，公开审判杀人魔王肖家璧。

当审判长宣布对大匪首肖家璧判处死刑，立即枪决时，全场欢声雷动，同声高呼：

"毛主席万岁！"

"共产党万岁！"

围歼赣南残匪

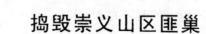

捣毁崇义山区匪巢

1949 年 10 月，就在一四二师四二五团清剿肖家璧股匪的同时，一四二师四二四团也接到了进驻赣南崇义县剿匪的任务。

崇义县位于南岭中部、罗霄山脉中段，与湖南汝城、广东仁化接壤。这里到处是高山峻岭，莽莽森林，人烟非常稀少。解放初期，国民党残余势力为躲避我军打击，乘隙窜入这片山区，形成了许多股土匪。这些土匪中匪首周文山可谓是罪恶累累。

周文山又名周盛连，广东省仁化县人。他身材既不高大，头脑也不敏捷，而且没有文化，只凭着狠毒、狡诈和蛮干，在湘、粤、赣三省边界，特别是崇义西南地区，肆无忌惮地奸淫烧杀，鱼肉人民，危害几十年，号称"赣南皇帝"。赣西南解放后，他拉起一股土匪，继续与人民为敌。

为了彻底解放崇义县，我四二四团三营以聂都、文英乡为中心，采取奔袭、搜山、伏击等办法，展开进剿，有时在营统一指挥下几个连向一个目标分进合击，有时与二营配合向大余、崇义和南雄边界推进。

但是，周匪凭着人地两熟的有利条件，采取我剿东他窜西，我剿西他窜东的方式与我军捉迷藏，我军踏遍各处山岭，也只捉到一些零星的散匪。

10 月下旬的一天早上，我军在乐洞附近麻疯村外设伏，拂晓捉到了一男一女两个土匪。他们供认是周文山股匪的联络员，并供出天星寨有座古庙，是个匪窝，有土匪 150 多人，匪首们常在那里开会。

天星寨位于乐洞以东 5 公里，古庙坐落在南山坡海拔 1000 米的森林里，地形隐蔽，道路狭窄，很难攻破。

为了歼灭这股土匪，七连一面在乐洞附近监视土匪，一面派两名战士把两名土匪押回营部，并请求指示。

营长李凯接到七连的报告，审问了俘虏，核实情况后，立即带上八连和机炮连来与七连会合。

当天 16 时许，李凯带部队到达乐洞，立即召集各连干部勘察地形，研究情况，决定夜袭天星寨，将庙里的土匪一网打尽。

为此，李凯还作了具体的作战部署：由七连担任西南面主攻，八连负责东北面包围，重机枪分别配属给两个连队，迫击炮在七连后尽量靠近目标，营长随七连前进，规定以七连枪声为统一行动信号。

部署完毕，各连饱餐战饭，入夜后，我军沿着上山的小路，悄悄地接近目标。

这是一个伸手不见五指的夜晚，我军凭着白天判定的方位，一直摸到庙前。

走在队伍前面的同志发现了庙里的灯光，断定里面一定有土匪。但因地形复杂，夜间不便攻击，土匪容易

围歼赣南残匪

跑掉，因而决定拂晓攻击。

　　我军慢慢缩小包围圈，守住寺院周围有利地形和进出路口。

　　天渐渐亮了，我七连六班爬到山门附近，将一颗颗手榴弹投进寺院，接着冲了进去。

　　七连副连长陈永顺随突击排冲进寺院，不见土匪还击，便指挥各班冲进厢房和庙内，却只见室内一片狼藉。

　　陈永顺伸手一摸被子，发现被子还是热的，认定土匪是刚刚跑掉，应该就在院子附近隐藏。

　　陈永顺立即指挥突击排占领有利地形，控制寺院内外，组织搜索。

　　之后，战士们发现在寺院的后面原来还有个山洞。

　　战士们堵住洞口大声喊道："赶快出来！缴枪不杀。"

　　匪徒们听到声音，连忙在洞里喊道："不要打了！我们投降！"说着，这些土匪有的双手举枪，有的抱着头，一个接一个地走出了山洞。

　　陈永顺看了看走出山洞的土匪，一共是16个人。

　　经过审问，土匪们供认：他们的头子周文山在两天前便带队下山了，只留下他们十几人看"窝"。

　　为消灭周匪，李凯命令陈永顺带1个排留在庙里，守庙待匪。他自己则带领着其他部队，悄悄撤离天星寨，继续寻踪清剿。

　　转眼到了12月初，匪首周文山再次集中150余人在天星寨古庙里，企图化整为零分散活动。

我三营得到情报，立即组织全营星夜奔袭天星寨，终于在拂晓，将天星寨古庙包围。

陈永顺带领二排担任正面突击，在接近敌人时被土匪哨兵发现。土匪边打枪边喊："解放军来了！"

哨兵的喊声立即惊动了群匪，寺院的步、机枪立刻开始向我军射击。我军按照预定方案，重机枪、迫击炮一齐开火，密集的炮弹落在寺院内和庙宇上。

我二排在火力掩护下，从正面猛攻，战士们迅速接近垣墙，向院内投进一颗颗手榴弹，接着从正门冲了进去。战士们边冲边大喊："放下武器，缴枪不杀！"

土匪们见势不妙，争相突围，场面一片混乱。

我七连和八连两面夹击，战斗进行了约20分钟，占领了寺院，俘虏了庙内土匪，而后组织搜索和打扫战场。

此次战斗，我军打死、打伤土匪30多人，活捉100多人，缴轻机枪4挺，步枪110余支。

我军在清扫战场时，又在后面的山洞中找到了两腿患风湿病已不能行走的匪首周文山。

原来，周文山在山上躲藏的时候，早已身患重病，离死期不远了。

周文山股匪被歼，崇义县其他股匪也望风而降，只有少量土匪逃往广东和湖南去了。

围歼赣南残匪

突审叛徒巧破敌

1949 年 10 月底，我四二四团三营七连一排战士在天星寨古庙等待周匪落网的这段时间里，在庙宇里待了好几天，却并没有等来上钩的土匪，三营营长李凯命令一排同志撤离古庙，回到聂都。

此时，七连连长和指导员都带着其他排的战士进山剿匪去了，聂都乡只留下副连长陈永顺和被撤回的这个排保护区政府。

白天，陈永顺装扮成赶集人在集市上寻找土匪的踪迹，夜晚，他带领部下在区政府周围进行巡逻。

这天下午，机枪班班长李从河悄悄找到陈永顺，向他反映原国民党投诚过来的副排长赵承儒有勾结土匪的动向，要他注意观察。

赵承儒是北平和平起义部队改编过来的，他本是国民党部队的一个中校官员，在旧军队养成了不良的生活作风，平时怕苦怕累，对我军的严明纪律很不习惯。

李从河说，今天中午，赵承儒拉他去投土匪，并说今晚有行动，他感到事态严重，所以来向副连长汇报。

陈永顺听完他的话，也觉得此事非同小可，此时，连长、指导员都不在家，千钧重担压在他一人身上。他考虑了一下，叫来一排长商量对策。

一排长说："先把赵承儒抓起来再说。"

陈永顺同意这一做法。随即，他命令一个战士叫来赵承儒，并安排几个战士看守审问赵承儒。

赵承儒来到连部，进来问："副连长，找我有什么事？"陈永顺厉声叫道："下了他的枪！"

两个战士应声将他的枪下了。

赵承儒眼中露出一丝慌乱，但随即强作镇静地说："副连长，你这是干什么？"

陈永顺冷笑道："你问我，我还要问你呢！"

陈永顺让他先坐下，然后说："你参加我们队伍的时间也不短了，知道我们的政策，只要你老老实实地交代问题，我们还是会从轻处理。"

赵承儒还想抵赖："交代什么？"

陈永顺一拍桌子说："还不老实，你说，你今天晚上要干什么？"赵承儒一听，以为陈永顺已经掌握了他的事，忙承认说："副连长，是我的一个熟人逼我干的。"

陈永顺严厉地说："你老实交代，我们可以考虑从轻处理。"面对陈永顺的严厉审问，赵承儒只好交代了自己与土匪勾结的事实。

原来，就在陈永顺白天扮赶集人的时候，赵承儒也混在了赶集人群中，并很快与装着赶集的土匪、他原来的一个同事联络上了。经过两次接触，赵承儒认为做土匪可以为所欲为，比他天天在军队里服从纪律要好过得多，于是便要那个人介绍自己当土匪。

围歼赣南残匪

那人同意了赵承儒的请求，但条件是：要赵作为内应，配合土匪袭击聂都区政府。

赵承儒觉得自己的力量有限，便想约李从河帮助自己，他认为李从河平时思想有情绪，说不定和自己有一样的想法。可他哪里知道，李从河在队伍中一直情绪低落是因为李从河年纪小，常有想家的念头。对于叛变革命去当土匪却是小李万万不可能干的。

陈永顺又问："你是否跟土匪约好了具体袭击区政府的时间？"赵承儒心虚地回答说："约好在今天晚上大家都睡觉的时候动手。"陈永顺听了惊了一身汗，他看看时间，这时已经是 18 时多了，他立即命令将赵承儒押下去严加看管。自己则立即组织起一排战士准备迎战。

陈永顺命令一班守区政府的北面、二班守住南面，他自己带三班到政府东边的小山包上，1 个班 1 挺机枪。

全排同志在阵地上准备好后，陈永顺又提醒大家，一切行动听指挥，土匪不进入包围圈绝不许提前开枪。

陈永顺又把情况通报给了区政府，让他们也做好战斗的准备。23 时许，土匪果然来了，他们在南、北两个方面打枪呐喊，一走进我方包围圈，陈永顺立即大声地下令："给我狠狠地打！"

由于我军的准备充分，这场激战很快结束了。

此次战斗，我七连一排战士歼灭了比自己多一倍的土匪，其中，打死打伤土匪 20 多人，活捉 30 多人，缴获步枪 70 多支，取得了很大的胜利。

捕捉搜歼多股流窜残匪

1950年3月，我四二四团接到上级通报：原国民党六十三军军长刘栋材、广东国民党南雄县县长华本之，从外地潜回粤赣边区，组织起国民党残部700多人，打着"人民反共自由军"的旗号，袭击赣南大余、崇义等县区、乡政府多次。

面对这些地区新的匪情，赣西南军区命令四二四团三营再次投入到大余、崇义等县的剿匪斗争中去。

4月初，我七连配合在粤北的四二九团向仁化以东，始兴、南雄以北，大余以西粤赣两省边界会剿，击溃何光田股匪，全歼顾兆祥股匪40余人，活捉了匪首顾兆祥。

5月上旬，在上级统一部署下，我四二四团6个连与军工兵营、侦察连、四二七团、四二九团各一部会剿油山地区刘栋材、兰举声两大股土匪。狡猾的土匪见势不妙，立即化整为零，逃出包围圈就地潜伏。

根据敌情，部队遂即分散驻剿，以"敌变我变"的对策抗击土匪。我七连活动在崇义、仁化、汝城交界处的大片山区里，其任务是卡住几个山口，制止土匪流窜，并派出工作队，发动群众，搜歼小股土匪，捕捉散匪和匪首。

围歼赣南残匪

这样一来，我军将土匪逼得走投无路，潜伏的土匪有的被捉，有的向驻军和政府投降。就连何光田手下的大队长唐云和、黎日新，兰举声手下的大队长李自新、曲新民和魏先知也都向我军缴械投降。

6月，我三营接收投降的匪官兵200余人。只有张南洋、兰举声、何光田等罪大恶极的匪首和少数惯匪，不肯投降，躲在深山老林的山洞中和炭棚里，继续顽固抵抗。

为防止土匪作乱，我四十八军一四二师四二四团一直驻剿到1951年3月，才扫尽顽匪，撤离江西，进驻韶关。

至此，赣南人民真正迎来了解放，过上了好日子。

四、 消灭赣北余孽

- 货郎说："我是中国人民解放军侦察排长张贵德，不是货郎张德贵。"

- 刘长海大声喊道："蒋军特务听着，你们跑不了啦，快投降吧!"

- 潘伯良接着喊话："投降可以得到宽大处理，不投降只有死路一条!"

诱捕"二老板"

南昌新建县西山岭地处江西省北部，赣江下游西岸，鄱阳湖的南面。

解放初期，在这一带横行乡里，气焰极其嚣张的土匪头子，人称"二老板"的张西樵在和解放军几次作战以后，被彻底打败，只身逃进了深山。

为捕获匪首张西樵，不让他再次兴风作浪，以期除恶务尽，中国人民解放军侦察队加紧了对张西樵的搜捕。

有一天，天光微明，曲折的山道上走来了一个货郎，脚穿草鞋，腰系围布，肩挑一副货郎担。

每到一个村子，货郎就将货郎鼓摇得咚咚响，嘴里不停地吆喝："肥皂、手巾，担小货全，要买快来，随意挑，随意拣。"

晚上，货郎在一个村子住了下来。

半夜，货郎的门被人用刀子拨开，走进一个40多岁满脸横肉的家伙，他从腰间掏出绳子，将货郎双手反绑起来，押着货郎来到一个石洞。

借着洞里的火光，货郎看到洞内堆放了许多食物，一个身体健壮，年纪大约30岁的人，腰间插着1支手枪，身边放着4颗手榴弹，瞪着货郎。他就是到处躲藏的"二老板"。

货郎害怕地说自己是一个生意人，请放他回去。

"二老板"心里开始盘算，倒不如借他的货郎担作掩护，逃出解放军的包围圈。

"二老板"打定主意，自己也扮作货郎，在货担里放进两颗手榴弹。并把手枪和其他两颗手榴弹揣在腰间。货郎被逼着上路了。

山里的夜长，天空依然是黑漆漆的，一路上两个人默默无言，十分小心地盯着脚下。

天黑坡陡，路实在不好走，走了一个多小时才翻过一道山梁。

天渐渐地亮了，从一旁的树林里传来一阵"鸟叫"。听到"鸟声"，货郎的眼睛里闪出一丝兴奋，但随即又恢复了正常。

货郎对"二老板"说："表兄，我去解个小便，你也放下担子歇一歇，再过一道梁，这路也就好走了。"

"表兄"的称呼是"二老板"让他叫的，以免路上露出破绽。

"二老板"点头同意，货郎放下担子，朝路边走去。"二老板"也扔下挑子，得意地吸起烟来。

突然，路旁的灌木丛中跃出七八个端着冲锋枪的解放军战士。

"二老板"正要往腰间掏枪，旁边有人一把将他拦腰抱住，不是别人，正是那位货郎"表弟"。

一个战士迅速上前摘下了他的枪和手榴弹，并将他

消灭赣北余孽

绑了起来。

"二老板"这下子突然明白了，但已经晚了，他对着货郎，也没有说话。

"我知道你想问什么？'表兄'！"货郎故意将表兄二字说得很重，"我是中国人民解放军侦察排长张贵德，不是货郎张德贵。"

"二老板"眼中现出怒意，但随即又叹了口气，沮丧地低下了头。

他知道等着他的该是什么了。

据说，枪毙"二老板"那天，刑场爆竹声不断，庆祝这地方一霸生命的完结。

鄱阳湖上追捕空降匪特

1952年9月10日，在赣北余干县距瑞洪镇约3公里的五区友爱乡刘家榨一带上空，突然降下了4个降落伞。这突发的事件当即被放哨的民兵发现。

一会儿工夫，漫山遍野都是民兵、农会和工会会员，4名空降人员哪见过这阵势，个个惊慌失措，顾不得携带和掩藏装备，拿上枪支和部分子弹就往鄱阳湖边跑。

这几个是什么人，为什么空投到江西来？

原来，这几个人是接受台湾主子的指令，去江西搜集情报和开展反共游击战争的。

10时多，他们没有发现巡逻放哨的民兵，才稍感放心一些。这时，一位中年渔夫因未接到禁止开船的通知，扛着船桨、提着渔网朝瓦窑走来。匪特头目王布一挥手，几名匪特持枪将中年渔夫包围起来。"你们要干什么？"匪特的突然出现，使中年渔夫大吃一惊。

消灭赣北余孽

"只要你开船送我们去邵阳县，不会动你一根毫毛；你要是不识时务，我们就杀了你！"匪特恶狠狠地说。

装有匪特的小船刚驶出不到半公里，即被搜索民兵发现。

于是，一场激烈的湖上追捕战开始了。

"快！快划！"匪特命令渔夫。

渔夫没有理他们，他只想划慢点，让民兵追上。

不一会儿区委书记、区武装部长赶来亲自指挥，数百民兵一齐向湖边猛追。基干民兵连司号员不停地吹起冲锋号，匪特以为正规部队来了。

"快！往湖中间划！"匪特用手枪逼着渔夫。

渔夫很不情愿地扭动着船头。匪特周维新一脚踢了过去，夺过船桨自己划起来。

100多民兵随即登船追击。匪特用手枪抵抗。双方边打边走了两个多小时，匪特吴保禄已被击毙，匪特副组长张德本见逃跑无望也开枪自杀。

区委书记刘长海开展政治攻势，他大声喊道："蒋军特务听着，你们跑不了啦，快投降吧！"

区武装部副部长潘伯良接着喊话："投降可以得到宽大处理，不投降只有死路一条，鄱阳湖四周都布满了民兵和部队！"

匪特不予理睬，还是继续往前划。

刘长海仍不灰心，又说："你们是不是中国人？"

刘长海说："枪是蒋介石的，命是你自己的。难道为了蒋介石的枪，你就连命都不要了吗？"

这时，匪特行动组长王布站起来说："如果你们答应不打、不杀，放我们回家去，我们就投降。"

刘长海表示同意后，两名匪特乖乖举手投降，追捕战斗胜利结束。

经审讯，王布和周维新对美国"自由中国运动"派遣他们回来进行特务活动的犯罪事实供认不讳。

参考资料

《国史全鉴》本书编委会编 团结出版社

《共和国五十年珍贵档案》中央档案馆编 中国档案
　　出版社

《中国现代史资料选辑》彭明主编 中国人民大学出
　　版社

《共和国开国岁月》张国星 何明著 中共党史出版社

《华夏金秋》柏福临主编 吉林大学出版社

《中国革命史丛书》于薇编写 新华出版社

《中南大剿匪》刘文彦著 湖北人民出版社

《生死对决：赣东剿匪反特纪实》孙世昌著 读吧电
　　子书网站

《中国土匪大结局》刘革学著 湖北人民出版社

《中南大剿匪纪实》彭新云 易忠 李佑军著 解放军
　　出版社

《人民公安期刊之活捉匪首廖其祥》孙世昌 吕云松
　　著 中华人民共和国公安部 人民公安报社

《人民公安期刊之顽匪向理安的血腥之路》孙世昌 吕
　　云松著 中华人民共和国公安部 人民公安报社

《反特镇反运动实录》哓峰 美东 北根著 金城出
　　版社

《解放战争大全景》豫颍主编 军事谊文出版社

《江西文史资料》江西省政协编 南昌《江西文史资料选辑》编辑部出版

《大剿匪》李伟清等著 团结出版社

《中国大剿匪纪实》罗国明著 江苏文艺出版社